「ここも……最初よりいやらしい乳首になった」
慶次の乳首に吸いつき、有生が舌先で突く。

（本文より）

BBN
B•BOY NOVELS

恋する狐

―眷《けん》愛《あい》隷《れい》属《ぞく》―

夜光 花
イラスト／笠井あゆみ

この物語はフィクションであり、実際の人物・団体・事件等とは、一切関係ありません。

CONTENTS

恋する狐
―眷《けん》愛《あい》隷《れい》属《ぞく》―

■1　初デートってどんな感じだろう？

四月十日は山科慶次《やましなけいじ》の誕生日だ。桜の季節に生まれた慶次は、武将好きの父に前田慶次《まえだけいじ》からとった名前を命名された。

今年、慶次は二十歳になった。二十歳といえば成人、一人前になった証《あかし》に慶次も何か特別なことがしてみたいと考えた。悩んだ末に慶次が選んだものは、免許取得で、三月上旬から地元の教習所に通い始め、免許取得に励んだ。その間、恋人であり、仕事の相棒でもある弐式有生《にしきゆうせい》からは何十回も連絡があったが、免許取得まで会うのを我慢してもらった。

「免許がとれた！」

そして五月下旬、晴れて慶次は免許を取得した。本当は誕生日までに取得したかったのだが、実技で失敗してしまい、こんなに遅くなってしまった。

「有生！　デートするぞ！」

財布に免許証を忍ばせ、慶次は五月の終わりに有生の家を訪れるなり、大声で言った。有生の家は高知の山の中にある。最初は取り立ての免許を使ってレンタカーを借り、来訪する予定だったのだが、いかんせん慶次の自宅である和歌山から高知は遠い。しかも途中で車を船に乗せなければならない。もろもろの作業に自信がなかった慶次は、いつものように公共交通機関を利用して出かけた。

有生と慶次は特殊な一族の出だ。討魔師《とうまし》と呼ばれる妖魔を祓《はら》う職業を生業としている。眷属《けんぞく》の力を借りて行うもので、有生は齢《よわい》二千年とも言われる白狐の眷属を憑《つ》けている。かくいう慶次も子狸の眷属を得て、日々精進している。有生の屋敷は眷属が多く、いつ来ても澄んだ空気に包まれている。子狸も『ここは最高ですぅ』と言うくらい、眷属にとって過ごしやすい良い気が流れる場所らしい。

一族の当主であり、有生の父親でもある丞一《しょういち》らが住む母屋《おもや》は純和風の屋敷で広々としているのだが、離れに建てられた有生の家も過ごしやすい。慶次は夕方四時過ぎに屋敷に着くと、まず当主や巫女様、有生の兄の耀司《ようじ》に挨拶《あいさつ》をし、有生のいる離れに赴いた。

あらかじめ連絡を入れておいたので、有生はテラスのウッドデッキのところであぐらを搔いて待っていた。

「いきなり何なの？　やっと来たと思ったら、何？」

有生が仏頂面《ぶっちょうづら》で言う。顔は怒っているが、慶次に会えて嬉しいのが、ちらちら見てくる目つきで分かる。今日は白いカッターシャツに、長い足が引き立つスリムなズボンを穿《は》いている。有生は整った綺麗《きれい》な顔立ちをしていて、目を引くスタイルの良さだ。だが、その雰囲気は冷たく、たいていの人間は有生に見つめられると怯えて尻込みする。何故か慶次は平気で、昔からよく喧《けん》嘩《か》していた。

「お待たせっ。あ、狐さんたち、ご苦労様です」

慶次はテラスにいる有生に手を振った後、玄関の引き戸を開け、屋敷の中にいる緋袴《ひばかま》の女性たちに挨拶をして回った。一見巫女に見えるが、正体は狐だ。その証拠に耳と尻尾が揺れている。荷物を置いてテラスに回ると、有生がじっとりとした眼差《まなざ》しを向けてきた。

「よくも俺をこんなに放っておいたよね？　それで？　免許はとれたの？」

有生に冷ややかな眼差しを注がれ、慶次は財布から免許証を取り出した。

「とれた！　見ろ！　本物だ！」

慶次は免許証を見せびらかして、有生のいるウッドデッキに腰を下ろす。すかさず緋袴の女性がお茶と白い酒まんじゅうを持ってきてくれた。

「ふーん。よかったじゃない。そんで？　デートって何？」

有生は不機嫌さを隠さずに言う。どうやら二カ月近く放置していたのが気に食わないようだ。慶次だってもっと早く来たかった。運転が下手なんて、自分でも知らなかったのだ。何しろ、二カ月前——慶次と有生は恋人になった。有生の義母である由奈《ゆな》という女性を巡って、いろいろ大変な事態になった。それが一件落着した際に、慶次と有生はつき合うことになったのだ。

ふつうならそこで愛をはぐくむものだと有生は言う。だが、慶次は違った。

慶次にとって、つき合うとはそういうものではない。慶次には譲《ゆず》れない順序というものがあるのだ。

「ほら、俺たち、その……いわゆるカップルってものになっただろう？」

慶次が咳払いして言う。

「何だ、なかったことにでもするのかと思ったよ」

有生がそっぽを向いて呟《つぶや》く。気のない返事かと思ったが、耳がうっすら赤い。次の台詞《せりふ》を言う前に、腹からぽんと出てきた存在がいる。慶次の眷属である子狸だ。ふさふさの尻尾を陽気に揺らしている。

『有生たま、遅くなってすみませんですぅ。ご主人たまはご主人たまなりに、有生たまのことを考えているんですぅ。あれ、有生たま、お顔が赤く』

子狸が有生の前に回り込んで言う。顔を見られるのが嫌だったのか、子狸は有生に尻尾を掴まれ、庭の池まで投げ飛ばされた。

「それで？」

投げ飛ばされた子狸が気になったが、慶次は話を続けた。子狸なら大丈夫だろう。

「だからさ！　つき合ったなら、まずデートだろ！」

慶次は意気込んで言った。

「デート……今さら？　二人で出かけるなんてしょっちゅうあったじゃない」

もっといいものを期待していたようで、有生の顔が落胆している。

「ちっがーう!!　あれは仕事で、俺はつき合ってると思ってなかったから、ノーカンだ！　そうじゃなくて、ちゃんと二人で正式におつき合いした今、デートに行かなきゃならないんだよ！」

慶次が大声で熱弁すると、有生が若干《じゃっかん》引いたようにうなじを掻いた。

「何だよ！　お前はデートしたくないのか？　しないのか!?」

有生の態度が思ったものではないので、テンションを上げるべく、慶次はその腕を揺さぶった。

「や、……するけど」

つんと横を向いて有生が言う。ほんのり頬が赤い。最初からそう言えと慶次は頷《うなず》いた。

「だから明日、遊園地に行こうぜ！」

慶次が拳《こぶし》を突き出して言うと、突然有生の目が冷たくなった。

「は？　遊園地？　馬鹿なの？　何で俺と慶ちゃんで遊園地？」

急に馬鹿にした笑いを浮かべられ、ムッとして腕組みする。

「最初のデートは遊園地って決まってるだろ！」

「決まってないし。マジで言ってんの？　遊園地とか興味ないんだけど。大体高知でどうしろと？　まさかわんぱーくとか？　創造広場とか言わないよね？」

ますます有生は軽蔑的な口調になる。

最初のデートは遊園地という思い込みがある慶次だが、確かに高知にうってつけのテーマパークは少ない。だが、セオリーは踏みたい性分だ。

「わんぱーくでいいじゃん」

「本気で言ってるの？」

有生の態度は馬鹿にしたものから怯えたものに変化している。自分の腕を抱いて、ぶるぶる震えている。それほど変な提案だろうか。二人で行けばきっと楽しいはずだ。

「どうせ行くならネズミの国とかあるでしょ？　何でよりによってわんぱーく？」

「ネズミの国は駄目だ！　あそこはカップルで行くと別れるって言い伝えがあるんだぞ！」

慶次が被せ気味に言うと、有生が少し驚いたように固まる。

「へぇ。慶ちゃん、別れたくないんだ？」

嬉しそうな顔で言うので、当たり前だろうと慶次は頷いた。

「まだつき合って二カ月ぐらいなんだぞ」

「え、カウントってそこから始まってるの？　それまでのあれこれはナシ？」

有生の表情が不審げなものに変わる。先ほどから有生は慶次の台詞でころころ表情が変化する。どうやら慶次と有生では物の見方が違うらしい。

「明日の仕事入れないでくれって俺、巫女様に根回ししておいたんだからな。そんで明日は俺が運転するぜ！　有生は助手席でナビよろしくな」

慶次が親指を立てると、引き攣《っ》った顔で有生があんぐり口を開けている。

有生は納得いかないようだが、明日は初のデートだ。そのために前日入りして備えている。何しろ和歌山から高知は遠い。早めに出たのに、すでに外は日が落ちている。

明日は有生と楽しい一日にしよう。

慶次は明日へ思いを馳《は》せるのだった。

慶次と有生は親戚という関係性だ。今でこそ恋人になったが、昔は気軽にセックスしようと言ってくる有生が嫌いだった。

討魔師という仕事を生業としている慶次だが、有生と相棒として組むようになり、今ではだいぶ成長した。慶次と組んでいるのは本家の次男、弐式有生だ。慶次より四つ年上の男で、会うたび慶次をからかってくるし、いいかげんで気分にむらがある嫌な奴だった。その有生に兄の救出を頼む羽目になり、見返りに身体を要求されてから、変な関係を持つようになった。有生はどう見ても自分のことを好きだと思うが、絶対にありえないと最近までその気持ちを認めなかった。有生に義母ができて、そのいざこざを解消していく中でようやく慶次への恋心を認めたのだ。かくいう慶次も有生のことは好きではないと口では言っていたが、有生が素直になると自分も好きだと認めた。晴れて二人は恋人同士になったのだ。

（初デート！）

朝が来ると、慶次は意気込んで支度にとりかかった。緋袴の女性が作ってくれた朝ごはんで腹を満たし、初デートのために買ってきた服に着替える。ブランド物のロゴが入ったカジュアルなパーカーに濃い色のズボンを合わせてみた。子どもっぽく見られないよう髪にワックスをつけて、何度も鏡をチェックする。

「怖い。慶ちゃんがやる気を出している」

慶次より遅く起きてきた有生は、洗面台の前で身だしなみを整えている慶次を見ておののいている。昨夜は有生が布団に忍び込んできて、エッチなことをしようとしたが、慶次は強い気持ちでそれをシャットアウトした。初デートの前にエッチなんて、言語道断だ。ありえない。明日のために早く寝ろと有生を布団から追い出した。

「お前も早く着替えろよ。言っとくけど、かっこよく決めてくれよな！」

慶次が煽《あお》ると、面倒そうに有生が歯磨きを始める。

「えー。わんぱーくでおしゃれぇ？」

有生はぶつぶつ文句を言っているが、生成《きな》りのシャツにカーキのズボンと、高そうな革靴を履く。黙っていればすれ違う人が振り返るような美形だ。それだけでパリッとして見えた。

「よし！　出発だ！」

忘れ物がないかチェックして慶次は意気揚々《ようよう》と出発した。

今日は慶次が運転すると言って、有生の車の運転席に乗り込んだ。有生は素直に助手席に落ち着き、シートベルトを締める。

ハンドルを握りしめ、前後左右を確認して、慶次はエンジンをかけた。わんぱーくの開園時間は九時だ。今は朝の六時半で、有生の家は山の中なので、三時間はかかるだろう。開園時間には間に合わないが仕方ない。

慶次は前のめりでハンドルを握り、車を走らせた。

「……ねぇ」

有生の家を出発して一時間もすると、横からイライラした有生の声が聞こえた。音楽を何もかけていないので、有生の舌打ちや苛立《いらだ》ちがはっきり伝わってくる。

「ねぇ！　もうちょっとスピード出せないの？　三十キロでずっと行くつもり？　峠ならまだしも、まっすぐな道で？　しかも何度横入りさせてんの？　後ろ、渋滞してますけど？」

有生は慶次の運転が気に食わないようだ。確かに慶次の車はのろのろ運転で、追い越しができない道だと渋滞が発生する。後ろから遅すぎるとクラクションを鳴らされるし、煽り運転もされた。

「ちょっと待ってくれ！　もうちょっとしたら四十キロでいけそうだから……」

まだ不慣れな慶次としては、ゆるいスピードで会得《えとく》したいことがいろいろある。いきなり速度を上げて走ったら、パニックになりそうなのだ。

『ご主人たまー。後ろの車から恐ろしい念が飛んできますですぅ』

慶次の背中にくっつき運転を補助している子狸が、青ざめて言う。

「だってスピード出すと人を撥《は》ねそうなんだもん」

慶次は両手でハンドルを握りしめ、頑《かたく》なに前を向く。山道を走っていた時は人っ子一人いない田舎だったのでよかったのだが、一時間もすると人のいる通りへ出てしまった。そこからは決して人を傷つけないようにと速度をさらに弛《ゆる》めた。

「子狸がいるんだから大丈夫でしょ？　危なかったら、何とかしてくれるんだよね？」

有生にじろりと見られ、子狸がぽんとお腹を叩く。

『万が一の場合はおいらが手を尽くしますですぅ』

子狸にそう言われ少し安心したが、やはり道路の脇を自転車に乗った老人が通り過ぎると、いきなり倒れてくるのではないかと心配でならない。

「ねぇ、これ絶対今日中に着かない。運転替わって」

有生が業《ごう》を煮やして言う。一時間半ほど運転して精神的に疲れ果て、慶次は運転を交代してもらうことにした。広い道の脇に車を寄せ、有生と場所を入れ替わる。運転席に座った有生は今までのうっ憤《ぷん》を晴らすがごとく、猛スピードで車を走らせ始めた。

「今まで気づかなかったけど……お前って運転が上手《うま》かったんだな」

助手席でぐったりしながら言うと、呆《あき》れたように横目で見られる。

「慶ちゃんはびびりすぎ。俺は初心者マークの時だって、そこまでじゃなかったよ。もう少し練習してから運転するって言ってくれる？」

「だって人の車だしさぁ。親父の車借りてこようとしたら、やめてくれって全力で拒否されちゃって」

助手席で思い切り伸びをして、慶次は笑った。やはり助手席がしっくりくる。本当は男らしく運転ができる俺、を演出したかったが、現実は甘くなかった。

有生の運転で時間を短縮したものの、わんぱーくに着いたのは十時だった。無料駐車場に車を駐め、さぁ入ろうと嫌がる有生の腕を引っ張る。わんぱーくは一部遊具に金はかかるが、基本的には無料のものが多い。

「さぁ、遊ぼうぜ！　有生！」

園内に入って張り切る慶次と裏腹に、有生の周りの空気がどんどん冷めていく。しばらくしてその理由が判明した。園内には子連れの客はいるものの、慶次たちのような大人だけの客はほとんどいない。つまり――大人が楽しめる場所ではなかった。

「あれ、俺の想像と違う……」

まず慶次の求めるジェットコースターがなかった。メリーゴーラウンドや幼児が乗るような電車の乗り物しかないし、唯一あった左右に揺らされる乗り物も子ども向けのものだった。どうりで大人が来ないはずだ。

「だから言ったじゃない。わんぱーくでおしゃれ？　って」

ベンチに座った有生にさんざん馬鹿にされ、慶次は起死回生《きしかいせい》を狙うべく、昼食の後は併設している動物園に有生を引っ張っていった。その時は気づかなかった。動物園のほうがもっと悲惨だということに。といっても、園側が悪かったわけじゃない。無料なのに広くて動物もたくさんいて、子どもにはうってつけの場所だろう。だが、不機嫌オーラを発している有生が近づくと、どの動物も漏れなくキーキー騒ぎ立て、不穏《ふおん》な空気になってしまったのだ。人間に対しても負のオーラをまき散らす有生だが、今日はことさら機嫌が悪く、動物にまで負のオーラをまき散らしている。

『怖い！　アニマルホラーですぅ！　ひぃっ、ライオンが吼《ほ》えたぁ！　猿がうんこ投げつけてきたぁ！』

慶次にしがみついていた子狸が、動物の動向にいちいち怯えて騒ぎまくる。

「ぜんぜん楽しくない」

動物に嫌われまくった有生はむすっとした表情だ。有生の機嫌を直そうと、アイスクリンを買ってきてベンチで並んで食べた。

「そもそも初デートが遊園地って、何？　俺、遊園地が好きなんて一回も言ったことないですけど？　慶ちゃん、そんなに遊園地好きなわけ？」

アイスクリンを食べながら有生に文句を言われる。

「えっ、だって初デートって遊園地に行くもんなんだろ？　俺はコースター系は好きだけど、家族で行ったのは一回くらいかな。兄貴があんまりこういう場所好きじゃないから」

アイスクリンを齧《かじ》って言うと、有生が目を吊り上げる。

「はぁ!?　慶ちゃんが好きだと思ったからしぶしぶつき合ってやったのに、その程度なわけ？　馬鹿馬鹿しい、世の中のカップルが全部初デートで遊園地に行くのかよ」

有生はすっかり不機嫌になり、アイスクリンを食べ終えるとスマホを取り出してゲームを始めてしまった。どんどん日が暮れ始め、こんなはずじゃなかったのにと慶次は焦《あせ》りを感じた。

「有生！　観覧車に乗ろう！」

わんぱーくでいいかと思った理由はここに観覧車があったからだ。面倒そうな態度の有生を無理やり引っ張って、プレイランドの観覧車に連れていく。慶次の想像より小さかったが、観覧車であることに変わりはない。

「悪かったよ、事前の調べがもっと必要だったたな」

観覧車に乗った有生はいかにもつまらなそうで、慶次は徐々に悲しくなってきて声のトーンを落とした。観覧車は少しずつ上空に上がっていき、辺りの景色もよく見える。

初デートなのだからいいものにしたいと思ったのに、何故かさんざんな結果になってしまった。有生はずっと面白くなさそうで、横にいる慶次も楽しくなかった。どうしてこうなったのだろう？

「……大体さぁ、慶ちゃん。行く場所が間違ってる。俺が遊園地なんて楽しめると思ったの？　俺が動物と戯《たわむ》れてるとこ、一度でも見たことある？」

向かいに座っていた有生に冷ややかな視線を注がれて、慶次はしょんぼりとうなだれた。言われてみると見たことがない。眷属である白狐や子狸と話していたから、動物は大丈夫という思い込みがあった。よく考えれば眷属と動物は違う。

「……ごめん」

情けなくなって沈み込んでいると、いきなり有生が立ち上がる。観覧車が有生の動きで揺れた。有生は慶次の隣に腰を下ろし、ふいににやーっと笑った。

「ひょっとして慶ちゃん、観覧車の一番高いところでキスとか考えてた？」

からかうように言われて、慶次はパッと顔を上げた。

「何で分かるんだ!?」

慶次が驚いて声を上げると、有生が面食らったように後ろに身を引く。慶次の外せない初デートの条件は遊園地と観覧車、そして観覧車の一番上でキスだ。

「え、マジでそうだったんだ？　今の、からかっただけだったのに。慶ちゃんって……定番が好きなの？　それともこうあるべきって思い込みが強いの？　っていうか、てっぺん過ぎましたけど？」

有生に珍獣を見る目つきで呟かれ、大変だと慶次は目を閉じた。

「んー」

キスの体勢で待っていると、いつまで経《た》ってもキスが降りてこない。そろそろと目を開けた慶次は、横で肩を震わせて笑っている有生に頬を膨《ふく》らませた。

「何だよ、もう！　いつもは勝手にするくせに！」

笑われて腹は立ったが、有生の機嫌が直ったようなので、内心ホッとした。慶次は大切なことを忘れていたようだ。恋人なのだから、二人が楽しいことをしなくてはならない。

「慶ちゃん」

もう少しで地上という瞬間、いきなり両頬を摑まれて、有生にキスをされた。面食らって固まると、扉を開けた係員が何とも言えない表情で「お疲れさまでした」と言ってこちらを見ている。有生は何食わぬ顔でさっさと降りる。慶次は顔から火を噴きそうになり、あわあわした。ばっちり見られた。男同士でキスしているのを。

「有生！」

観覧車から飛び出して、真っ赤になって有生の背中にパンチを食らわせた。わざとにしてもひどすぎる。係員に見られてしまった。

「有生は行く場所を間違えてるって言うけど、そんじゃどこへ行くのが正解なんだよ？」

出口に向かって肩を並べて歩き出し、慶次は首を傾けた。有生は顎《あご》を撫でて考えるふりをして、本州のある方角へ身体を向ける。

TANU

「そうだな。——伊勢神宮《いせじんぐう》、とか」

伊勢神宮と言われて慶次も顔を輝かせた。

「えっ、行きたい」

伊勢神宮といえば三重県にある天照大御神《あまてらすおおみかみ》を祀《まつ》る内宮《ないくう》と、豊受大御神《とようけおおみかみ》を祀る外宮《げくう》が有名だ。慶次は三歳の頃家族で行ったのだが、幼かったので記憶はほとんどない。そのうち行ってみたいと常々思っていた。

「うん。行こうよ」

有生が微笑み、慶次も心が浮き立って笑顔になった。何だ、初デートは遊園地でなくてもよかったのか。言われてみると伊勢神宮は討魔師である慶次と有生にぴったりな行き先だ。

『おいらも行ってみたいですぅ。楽しみですぅ』

子狸も喜んで腹踊りをしている。子狸が腹踊りをすると慶次まで楽しい気分になる。これが眷属の力だろうかと思いつつ、駐車場で車に乗り込んだ。むろん帰りの運転は有生だ。

「じゃ、慶ちゃん。この後、ラブホ行こうか」

車が動き出したとたん、有生がしれっととんでもない発言をしてきた。

「ば、ば、馬鹿者っ！　初デートなんだぞ！　初デートでラブホなんて破廉恥《はれんち》すぎだろっ」

慶次が真っ赤になって抗議すると、有生がムッとして睨《にら》んでくる。

「はぁ？　こっちは嫌々慶ちゃんのデートプランにつき合ってやったんだよ？　今度はそっちが

俺につき合う番でしょ。言っとくけどハンドル握ってるのは俺だから。このままラブホに向かいます」

有生は慶次の抗議を聞く気はないようで、勝手に行き先を決めている。

「で、でもっ、お前、前にラブホ好きじゃないって言ってたじゃないか！　いつだったか忘れたけど……」

慶次は記憶を総動員して、反論した。だからいつもそういう行為は家の中でしているのだ。

「俺っていうより白狐が嫌いなんだよ。ほら、あそこ不浄霊とか執着系の念がうようよしているからさ。でも安心して、慶ちゃん。新築のラブホを見つけたんだ。つい先週オープンしたばかりのとこ。きっとそこならまだ場が汚れていないはず。最悪、俺が場を浄化するから」

有生は昨夜見つけたらしきラブホテルについて嬉々《きき》として語っている。さすがの子狸も恐れ入ったとばかりに正座する。

『有生たまの同衾《どうきん》に関する熱意はすごいものがありますですぅ……』

「感心するなっ」

慶次は目を白黒させて、子狸に突っ込んだ。慶次のデートプランにラブホテルなどというものはなかったので、内心焦りを感じた。しかも遊園地の近くにあったらしく、三十分ほどで真新しい外観のホテルに入っていく。白い壁の南国風のホテルで、慶次にはふつうのホテルにしか見えなかった。

有生は勝手知ったる風で車を降り、フロントへ行く。フロントは無人で、パネル形式で部屋を選べるようだった。慶次はラブホテルなんて初めてで、終始挙動不審気味に有生の後ろをうろついていた。男同士で平気なのかとか、誰かに会ったらどうしようと考えるだけで心臓がばくばくしている。

「クソ、未使用の部屋はないのか……。ここが一番マシかな」

有生は細めた目で部屋を選んでいる。カードキーを取り出し、慶次の手を握ってエレベーターに乗ると、背中をぶるりとさせて眉間を揉む。四階の部屋らしい。

「あー。先週できたばかりなのに、これかぁ……」

エレベーターを降りて部屋へ辿り着くまでの間も、有生はぶつぶつ文句を言いながら、こめかみに手を当てている。よく分からないが大丈夫だろうかと覗《のぞ》き込むと、廊下の隅に黒いもやもやを見つけた。

「ひっ」

思わず有生にしがみつく。黒い軟体動物みたいなものが、ホテルの廊下をうろついている。有生は目当ての部屋のドアを開けると、「白狐、頼む」と呟いた。とたんに白狐がふわりと宙に浮かび、長い尾を一回転させ、部屋一帯に風を送った。すると部屋が一段階明るくなり、清浄な空気に包まれた。

「わ、すげー。何か綺麗になった」

慶次は感心したが、白狐はこんな使われ方は嫌だったらしく、有生の頭を長い尾でびしっと叩きつけて消えた。有生は叩かれて乱れた髪を手で梳《す》く。

部屋は南国風の部屋だった。南国っぽい観葉植物が置かれ、竹細工のテーブルや椅子、ダークブラウンのベッドは白いレースの天蓋《てんがい》つきだ。そこまではふつうだったが、浴室はガラス張りで丸見えだ。慶次は物珍しさが勝り、ついあちこちを見て回った。

「あっ、悪《あ》しき呪具が！」

部屋の隅には大人のおもちゃが買えるボックスがあった。慶次が目を吊り上げて怒ると、有生がその背中をくるりと回し、浴室へ押す。

「慶ちゃん、それは使わないから安心して。ほら、シャワー浴びてきて。俺もすぐ行くから」

ぐいぐい押されて慶次は「俺はやるなんて言ってない」と抵抗したが、浴室に押し込まれてしまった。大きな鏡のある洗面台の前に立ち、慶次は仕方なくため息をこぼした。本当はまっすぐ帰りたかったが、遊園地につき合わせた負い目もある。ここは素直に従おうと、衣服を脱ぎ始める。有生はベッドのところで何かやっているようで、背中を向けているうちに裸になって風呂場に入った。

(うー。何か、見られてて嫌だなぁ)

浴室がベッドルームから見えるのが気になり、慶次は熱いシャワーで湯気を立て、見えなくしようと思い立った。頭から湯を被り、備えつけのシャンプーを使う。

「慶ちゃん、嘘でしょ、髪洗ってるの？　そんなの終わった後でいいのに！」

髪を洗っていると後から入ってきた有生が驚愕している。

「え、だってワックス使ったから、かちかちして嫌だったし。俺、一人で入る時は髪から洗うタイプ……」

泡立てた髪で振り返ると、有生が「休憩二時間だよ⁉」と叫んでいる。

「休憩……って、何？」

慶次が首をかしげると、有生が顔を引き攣らせる。

「そこから説明⁉」

有生にとっては信じられなかったようで、わざとらしく天を仰がれる。こちとら初めてなのだ。しかも慶次は無理やり連れてこられた立場だ。慶次がムッとすると、有生にラブホテルの説明をされた。

「そうか、前から疑問だったんだ。たまに休憩って書いてあるホテルがあるけど、どういう意味だろうって。お茶する時間かと思ってた。そういうことだったのかー！」

目からうろこで、慶次はしきりに感心した。有生は逆に疲れた様子で、慶次の頭からシャワーをぶっかけてくる。有生にせっつかれ、急いで身体を洗い、先に風呂場を出た。場の浄化はしたものの、有生は宿泊はしたくないらしい。勝手な奴だと文句を言いながら、置いてあったバスローブを羽織り、洗面所で慶次は髪を乾かした。有生が出てきた時もまだドライヤーを当てていると、強引に奪われ、乱暴に乾かされる。

「慶ちゃんは協力しようって気持ちが足りないよ」

バスローブ姿でベッドに移動すると、有生が不満げに言う。

「いや、俺が悪いみたいに言うなよ。知らないんだからしょうがないじゃん。っていうか、お前こういうところ初めてじゃな――、ひゃっ」

ベッドにうつ伏せに転がされ、尻の穴の中にゼリー状の小さな球を入れられる。ひんやりした感触で変な声を上げると、有生が尻の中に入れたものを奥へと押し込んでくる。

「な、な、何⁉」

ゼリー状の小さな球は尻の奥でどろりと溶ける。有生が指先でその液体を広げる。

「潤滑剤だよ。ほら、慶ちゃんのお尻、久しぶりだからきつくなってる。ほぐすのに時間かかるんだからね」

内壁を押し広げながら有生に言われ、慶次はシーツの上でじたばたと足を動かした。ふっとベッドサイドを見ると、ローションやコンドームが入った籠《かご》がある。本当にそういう目的のホテルなんだなと思い、急にもやもやしてきた。

「うう、……有生、お前慣れてるのか、こういうとこ……。どうせお前はこういう場所でいろんな女の子とメイクラブしたんだろうけどさ……」

不慣れな自分と違い、慣れた様子の有生に嫉妬《しっと》が湧き、慶次は身悶《みもだ》えしながら呟いた。

「だから俺はやりまくりの男じゃないって。前も言ったけど、つき合った子なんて、数人しかいない」

「嘘だぁ。一夜だけのアバンチュールならいっぱいあるんだろ。お前は女をとっかえひっかえしてるって噂だぞ。子種を恵んでやるとか言ったたって話もあるし」

とても信じられなくて慶次が起き上がると、重苦しいため息を目の前で吐かれる。

「そんな噂、何で信じるの？　何度も言ってるけど、白狐がいるのに不実な恋愛はできねーし。そんなことしたら、白狐が去っていくだろ。俺の眷属がずっと憑いているのが何よりの証拠。慶ちゃんは俺が女をポイ捨てするタイプだと思ってるわけ？」

思っていると頷くと、頭に手刀が降ってきた。けっこう痛くて涙目で睨みつける。

「だってお前みたいにかっこよかったら、女が言い寄ってくるだろ。俺にやらしいことした時も、すっごい慣れてるふうだったしさぁ」

慶次としては文句を言ったつもりだが、有生はまんざらでもない様子になった。そうかと思うと急に破顔《はがん》して、慶次の肩に手を置く。

「そうか、分かった慶ちゃん。ちょっとヤる気が先走って、俺も順番間違えた」

そう言うなり、有生が慶次の唇に唇を重ねてくる。そのまま押し倒されて、何度も唇を吸われた。最初は押し返そうとしたが、キスが気持ちよくなって、慶次は自然と目を閉じた。有生の舌が口内に潜《もぐ》り込んできて、頬を撫でられる。そのまま大きな手で髪をまさぐられ、深いキスをじっくりとされる。

「ん……、う」

口の中に有生の指が入ってきて、指の腹で歯を擦られる。唾液が唇の端からあふれ出て、恥ずかしくなって有生にしがみついた。有生は慶次の唾液を舌で舐め、唇を吸う。

「慶ちゃん、好きだよ」

耳元で囁かれ、鼓動が跳ね上がった。頬が赤くなり、伸し掛かってくる有生の重みが心地よくなる。

「ん……。俺、も」

慶次がもごもごと言うと、有生の手がバスローブを広げ、上半身を撫で回してくる。キスされながら胸の辺りを揉まれ、慶次はひくんと震えた。有生の指先が乳首に当たると、勝手に腰がびくつく。

「慶ちゃんの快楽スイッチ」

からかうように言いながら、有生が乳首を摘《つま》んでくる。指先で弾かれたり揉まれたりしているうちに乳首がぴんと尖り、腰が熱くなってくる。

「馬鹿……違う……、……っ」

慶次が首を振ると、わざと有生が頭をずらし、乳首を口に含む。両方の乳首を口と指で刺激され、慶次は息を詰めた。

「んっ、んっ、……っ、は、ぁ」

舌で弾かれたりぐるりと撫でられたりすると、ぞくぞくとした快楽が背筋を這う。有生はしこった乳首を歯で摘み、ゆるく引っ張る。そうすると腰がかーっと熱くなり、甘い声が漏れてしまう。

「慶ちゃん、乳首気持ちいいね？　ほら、こっちもその気になってきた」

乳首を舌で弄《いじ》りながら、有生が慶次の性器を軽く握る。いつの間にか性器が反り返り、濡れていた。まだほとんど乳首しか愛撫されていないのに。

「やだ、ぁ……、あっ、噛ま、ないで……ひっ、あっ」

乳首を歯で引っ張られると、電流に似たものが身体を走って、声が上擦《うわず》ってしまう。慶次が腰をもじつかせると、有生は脇腹や太ももを揉んでくる。

「こっちも欲しくなってきたでしょ」

そう言いながら有生が尻の穴に指を入れてくる。慶次は有生に身体を巻きつけて、甘く呻《うめ》いた。有生の長い指が尻の奥をかき混ぜてくる。先ほどは指一本できつかったのに、身体が弛緩《しかん》したせいか、奥への侵入を許している。

「そ、こ……駄目……っ」

音を立てて乳首を吸われながら、内壁を擦られて、慶次は引き攣れた声を上げた。内壁を指で押されているうちに身体からどんどん力が抜けていく。乳首はじんじんして、触れられるだけで変な声が漏れてしまう。

「駄目じゃなくて、気持ちいい、でしょ……」

有生は身体をずらし、起き上がって慶次の尻の奥に二本目の指を入れる。質量が増えて、苦しさを感じたが、二本の指で感じる場所を擦られて、すぐに気持ちよさが上回った。

「柔らかくなってきた……」

有生がぐちゃぐちゃと音を立てながら尻の内部を掻き回す。その音が卑猥《ひわい》で、慶次は涙目でシーツを掻いた。有生はわざと音をさせて、尻を弄っている。恥ずかしいと思うほどに、腰が熱くなって、性器から先走りの汁があふれる。ふと見ると、有生の頭から耳が生えている。眷属をつけている慶次と有生は理性が飛ぶと耳が出てくる。有生が本当に自分を欲しがっているのが分かり、身体の芯が熱くなった。

「慶ちゃん、耳出てる」

ふっと目が合った有生が嬉しそうに言う。お前もだぞ、と言うと、気づいていなかったみたいで、照れくさそうな表情になった。

「ね、ここに俺のが入ってるの、想像して」

身体の奥を探られながら有生に囁かれ、いつも太くて硬くて長いもので奥を掻き回されるのを思い出してしまった。とたんに銜《くわ》え込んだ指を締めつけて、羞恥で赤くなる。

「可愛い慶ちゃん。俺ので突かれてるの、思い出した？　ここ、慶ちゃんの気持ちいいとこだよ」

浅い部分を指で強く突き、有生が言う。言葉通り、指で突かれるたび腰がびくびくする。

「あともっと深いとこ。指じゃ届かないね……、後でいっぱい突いてあげるから」

両方の指で尻の穴を広げられ、慶次は感極まって腰を揺らしてしまった。それが痴態《ちたい》と映ったのか、有生が息を荒らげ、すでに硬度を持った性器の先端を尻の穴に押しつけてくる。

「ごめん、ちょっと早いけど我慢できなくなった。入れるよ」

熱い先端がめり込んできて、慶次は息を呑んだ。そのままうつ伏せにされ、やや強引に有生の性器が内部に押し入ってくる。熱くて硬くて、慶次は激しく息を喘がせた。有生は背中から慶次を抱き込む形で、いきり立った性器をぐいぐいと入れてくる。

「ひ、は、は……っ、あ……っ」

狭い尻の穴が有生の性器の形で、広げられる。尻の奥までゆっくりと性器が侵入してきて、慶次はシーツに頬を押しつけた。有生は慶次の尻だけを高く持ち上げ、性器を奥へ埋め込む。

「はぁ……、あー……気持ちいい」

一度奥まで性器を入れると、有生が動きを止めて背中から慶次を抱きしめてきた。繋がった状態でベッドに横になって寝転がり、有生が慶次の耳朶《じだは》を食む。

「ひっ、は……っ、はぁ……」

慶次は中に入っている有生のものが熱くて、ひっきりなしに息をこぼした。どくどくと互いの鼓動が伝わってくる。お尻の中が有生でいっぱいで、熱くて肺が震える。有生は前に回した手で慶次の乳首を撫で、首筋にたくさんキスを降らせる。

「有せぇ……、やっ、ん、あ……っ」

有生は入れた状態のまま動いていないのだが、乳首を弄られるたびに、勝手に銜え込んだ内部が収縮してしまう。甘い声が漏れて、慶次はひくひくと腰を蠢《うごめ》かせた。

「中がきゅんきゅんして、すっごくいい……」

有生が熱い吐息をこぼし、乳首をぐりぐりと弄る。乳首と内部が連動しているのか、強い刺激を感じるたびに、内壁が痙攣《けいれん》するのが無性に恥ずかしかった。

「や、もう……、う、動いて」

慶次は、はぁはぁと息を喘がせ、腰を軽く揺さぶった。そうすると繋がったところから深い快楽が身体に浸透してくる。

「ゆっくり動くね……」

有生は慶次の片方の足を持ち上げ、ゆるく腰を振ってくる。じわじわと熱が全身を駆け巡り、慶次は甲高い声を漏らした。身体中が気持ちよくて、吐く息がうるさくて仕方ない。

「やだ、も……、あっ、あっ、イ、っちゃう」

有生の性器で内壁を何度も突かれているうちに、絶え間ない快楽の波に襲われ、慶次は息を詰めた。気づいたらびくびくっと腰を震わせ、シーツに射精していた。シーツを汚してしまったと焦ったが、よく考えたらここはそういうホテルだった。

有生が呼吸を荒らげ、慶次のうなじにキスをする。

「もうイったの？　ギューッと締めつけて、気持ちよかった」

慶次の性器を手で握り、有生が耳元で囁く。有生が扱《しご》くと、慶次の性器に残っていた精液が絞り出されて、シーツに転々と落ちる。

「はー……っ、はー……っ、うう……、まだ動かないで……っ」

達したばかりで獣じみた息遣いだった慶次は、有生の腰が揺れ出して、涙声で訴えた。

「ごめん、気持ちよくて腰が止まらない」

有生は慶次の腰を抱え、腰を律動させる。浅い部分で揺すっていたと思うと、徐々に深い部分まで入ってきて、執拗《しつよう》に内壁を突いてくる。

「はぁ……、すごくいい……」

有生が気持ちよさそうな声を出して、奥をとんとんと叩いてくる。奥を突かれるたび、慶次はびくっ、びくっと腰を揺らした。勝手に腰が跳ね上がってしまう。内壁は柔らかくなり、有生の性器を包み込んでいる。

「ひゃっ、あっ、あっ、ああ……っ」

しだいに有生の腰の動きが速くなり、慶次は甘ったるい声を上げた。有生の声も上擦ってきて、互いの息遣いが激しくなる。

「あー、ゴムつけ忘れた……」

有生が体勢を変えるように上半身を起こす。慶次もその時点でいつものように生でしていたことに気づいた。ふいにずるりと性器が引き抜かれ、慶次は、はぁはぁと喘ぎながらシーツに身体を投げ出した。

有生はベッドサイドのテーブルに置かれていたコンドームを摑み、中身を取り出して装着する。珍しく避妊具をつける有生に驚いていると、汗ばんだ顔で「帰り、大変でしょ」と笑われる。

仰向けにされ、両足を持ち上げられ、再び有生が性器を押し込んできた。ゴムの匂いがして、いつもと違う感覚で尻の中を埋め尽くされる。避妊具を使うのは珍しくて、慶次は慣れない感覚に戸惑った。薄い皮一枚あるだけで、気持ちよさが半減する。

「ちょっといつもより時間かかるかも」

今にも達しそうだった有生は、そう言って奥を突き上げてきた。最初は馴染《なじ》まなかったゴムの感覚も、何度も穿《うが》たれるたびに気にならなくなった。けれど有生のほうは違ったみたいで、ずっと硬いままで長く奥を律動してくる。

「ひっ、はぁ……っ、あっ、あ…っ」

容赦なく奥をごりごりと擦られ、慶次はのけ反って喘いだ。有生は慶次の両足を胸に押しつけ、激しく腰を振ってくる。

「やぁ……っ、あー……っ、深いぃ……っ」

慶次が悲鳴じみた嬌声《きょうせい》を上げると、有生が屈《かが》み込んで唇をふさいでくる。その間も腰を動かされ、慶次は泣きながら身悶えた。一度達したのに、また気持ちよくなってきて、腰に熱が溜まっている。有生が長い時間奥を突き上げてくるので、全身に力が入らなくなった。

「うん、すごい……、慶ちゃん、そんな泣いて……」

慶次の顔を見下ろし、有生が蕩《とろ》けるような笑みで腰をよじる。生理的な涙で頬を濡らし、慶次は四肢を引き攣らせた。ずっと奥を揺さぶられて、汗びっしょりだ。

「俺もそろそろイきそう……、慶ちゃん、一緒にイこう」

上半身を起こし、慶次の腰を抱え直して、有生が腰を穿ってくる。角度を変えて奥を突かれているうちに、慶次はひときわ大きく腰を跳ね上げた。

「ひ、あああ……っ、あー……っ」

慶次の反応を見て、有生が重点的にそこを責めてくる。

「今、気持ちいいとこ、はまってる、ね……。すごいびくびくしてる」

有生が唇を舐めて、慶次が身悶えする場所を突き上げる。一突きされるたびに慶次はのけ反り、部屋中に響き渡る声で喘いだ。気持ちよくて訳が分からなくなって、泣きながらやだやだと言ったところまでは覚えている。

その後、意識が飛んでしまい、気づいたら有生に頬を叩かれていた。

「ひ、は……っ、はっ、お、俺……？」

ぼうっとした頭で有生を見上げると、ホッとしたように有生が肩を落とす。何だかすごく気持

ちがよかったのは覚えている。行為は終わったようで、有生の性器が抜かれていたが、よく見ると腹の辺りやシーツが尋常じゃないくらいべっとり濡れている。

「すごい慶ちゃん。潮、吹いた。俺、めちゃくちゃ興奮した」

しみじみとした口調で言われ、慶次は意味が分からなくて視線をきょろきょろさせた。潮とは何だろうと思考の定まらない頭で考え、おしっこを漏らしたのだと気づいた。

「し、信じられない……俺、お漏らしなんて……」

慶次が真っ青になってぶるぶる震えると、有生は使用済みのコンドームを縛ってゴミ箱に捨てる。

「お漏らしじゃないよ。潮だから。ものすごく気持ちよかったでしょ？　俺、ゴムつけるとイくのに時間かかるから、いつもより長く突いていたせいだね。あと慶ちゃんの中、感度が上がってたおかげだ。慶ちゃんがあんなふうになるなら、これからゴムしようかな」

慶次の髪や頬にキスをして、有生が濡れた目で言う。慶次は逆にどんよりして、膝を抱えて無言になった。恥ずかしさを通り越して、死にたい気分だ。潮だと有生は言うが、漏らしたことに変わりはない。

「可愛い慶ちゃん。今日の慶ちゃん、本当に愛おしかった」

慶次はこれ以上ないくらい落ち込んでいるのに、有生は慶次を抱きしめ、熱烈なキスを送ってくる。有生はひどく優しくなって、ぐったりしている慶次を抱きかかえ、風呂場へ連れていき、綺麗に身体を洗ってくれた。

「時間延長したけど、悔いはないよ。慶ちゃんとの初ラブホ、いい経験になったな」

ラブホテルを後にして、有生はわんぱーくでの不機嫌ぶりが嘘のように、明るく楽しそうだった。慶次は帰りの車に揺られ、この世の終わりのような気分で沈み込んでいた。

■2　初デート仕切り直ししてみた

初デートに初ラブホは慶次の中で黒歴史になった。思い出したくないので有生がその話題を口にするたび大声を上げて耳をふさぎ、聞こえないふりをした。

六月になり、梅雨の季節になると、はっきりしない天気が続くようになった。有生と仕事をいくつかこなし、十七日から伊勢神宮へ二泊三日で旅行することにした。誕生日プレゼント代わりと言って宿の手配は有生が全部したので、慶次は楽しみにその日を待ちわびた。

「いいなぁ、慶ちゃん。旅行行くんだー」

本家の母屋で朝食をとっていると、本家の三男、弐式瑞人《みずと》が羨《うらや》ましそうに箸を銜えた。母屋の居間では当主の丞一、長男の耀司、巫女様、目付け役の中川《なかがわ》、丞一の後妻の由奈、そして瑞人がテーブルを囲んで食事をしている。メニューは白米に焼き魚、大根の煮物、ほうれん草のお浸し、豆腐や漬物が並んでいる。本家には使用人が何人かいて、大体出てくるメニューは肉抜きの料理だ。眷属をつけている討魔師は自然と肉を好まなくなると言われている。慶次は未だに肉料理を食べられるが、力が上がるほど精進《しょうじん》料理しか受けつけなくなるらしい。

「いいですねぇ。私たちもどこか行きません？」

丞一の隣でにこにこしてごはんを食べているのは由奈だ。フリルのついたブラウスにピンク色のカーディガン、白いふわっとしたスカートをまとっている。由奈は二十三歳の若妻で、丞一と歳の差がいくつあるのか正確には知らない。由奈は有生に執着していた危険な女性だったのだが、有生がその中に巣くう不浄霊を祓った後、まるで別人のようになってしまった。有生に対する想いは綺麗さっぱり消え、今は丞一と仲良くやっている。お腹に子どもがいるそうで、少しふくよかになった。

「そうだな。安定期に入ったし近場なら、構わないだろう」

丞一もにこやかに応じている。丞一は五十代半ばの中年男性で、ダンディな雰囲気だ。当主だけあって、慶次は丞一が慌てふためいたところを見たことがない。

「えー、ずるい！　僕も行くぅ、ママ、ねぇねぇ、僕もいいでしょう？」

瑞人は由奈にすり寄って甘えている。

由奈がおかしかった頃は怒り狂っていた瑞人だが、今はすっかり元の甘えん坊な息子に戻っている。瑞人はまだ中学三年生だ。霊力が高くて、眷属の真名《まな》を読み取る能力に長《た》けていて、よくトラブルを起こしている。いつもくねくねしていて、何を考えているかよく分からない子だ。

「そうね。家族水入らずで、どこか行きたいわね」

由奈は笑顔で瑞人と笑っている。由奈も瑞人も仲たがいしてもおかしくないくらいのことがあったはずなのだが、どうもこの二人は深く物事を考えない性分らしく、傍《はた》から見ると本当に仲の良い親子だ。

「それはそうと、慶次。今年はお前、大祓《おおはらえ》をするから六月三十日は本家におるのじゃぞ」

思い出したように巫女様に言われ、慶次は首をかしげた。巫女様は弐式初音《はつね》という八十二歳の老婆で、一族のご意見番だ。ふだんから和装で、仕事の際は緋袴姿になる。儀式の一切を取り仕切っている重要人物だ。

「大祓って？　夏越《なごし》の大祓《おおはらえ》？」

六月三十日には夏越の大祓を執り行う神社が多いのは慶次も知っている。慶次の氏神《うじがみ》でも茅《ち》の輪《わ》くぐりを行っている。

「まさか、節分祭みたいな……？」

慶次はハッとして身構えた。二月三日には節分祭という一族ならではの行事があった。あの時のようにまた何か大変な行事なのかと恐々としたのだ。

「違うわい。討魔師になるとどうしても下級霊と関わり合いを持つようになる。下級霊と関わると、陰の気が溜まり、寿命が縮むのじゃ。だから年に一度、まとめて祓っておる。今年はお前と有生は受けるように」

巫女様に説明され、慶次はへーっと感心した。毎年この時期になると、討魔師を務めるすべての者を巫女様が確認し、大祓を受ける者を選別するのだそうだ。陰の気が溜まっていなかった去年は必要なかったらしい。

「それってつまり、仕事すればするほど溜まるってこと？」

慶次が素朴《そぼく》な疑問を口にすると、耀司が笑う。

「そうだね。これは能力の強さとは関係ないんだ。有生にも伝えておいてくれ」

耀司は食後のお茶を飲みながら言う。耀司は有生の兄で、慶次の憧《あこが》れの人だ。いつも冷静沈着で、堂々としているし、何より狼の眷属をつけている。今となっては子狸でよかったと思う慶次だが、最初は狼の眷属をつけたかった。

「分かりました」

慶次はたくあんをぽりぽり咀嚼《そしゃく》して言う。有生は離れで食事をしている。めったに母屋で食事をとらない。家族仲が悪いわけではないようだが、毎回慶次が誘っても俺はいいと断られる。

朝食の後は、慶次はトレーニングウェアに着替えて裏山に登った。起伏のある場所をダッシュで走って体力をつける。本家にいる時は、週に何度か裏山に登るようにしている。お世辞にも霊力が高いとは言い難《がた》い慶次は、せめて体力だけは人並み以上につけておこうと努力している。

『ご主人たま、もうすぐ二年経つんですねぇー。時が経つのは早いものですぅ』

慶次と一緒に山道を駆けながら、子狸が笑顔で言う。そういえば六月下旬になると夏至がやってくる。夏至の日には一族の討魔師になりたい者が集まって、試験を受ける。二年前、十八歳になった慶次も子どもの頃からの夢を叶えるべく、試験に挑《いど》んだ。ぎりぎり合格ラインに残ったものの、今思えば幸運だった。

「もう二年かぁ。子狸ともそんな経つのか。これからもよろしくな！」

小川のところで休憩して、慶次はしみじみと言った。試験は三回だけ受けられる。もちろん三回とも受からずに離れていった者も多い。親戚の中で仲の良かった健《たけし》は、三度落ちてしまって、何度かメールを送ったが返信が来なかった。健も慶次と同じく討魔師を目指していたので、きっと討魔師になれた慶次とは会いたくないのだろう。

『おいらまだまだ小さくて、……でもいつかきっと一人前の眷属になりますですからぁ！』

子狸が宙で一回転して、お腹をぽんと叩く。小気味いい音が辺りに響いて、木の枝に止まっていた鳥が囀《さえず》り出す。

「いや、最初より大きくなってるって。そうだな、確か、これくらいじゃなかった？」

慶次は最初に会った頃の子狸の大きさを思い出し、手を広げてみた。実際、子狸は成長している。尻尾も二倍くらいになりふさふさになった。

『確かにおいら、作れる武器の本数が増えましたですぅ』

子狸は照れたように頬を赤らめている。眷属は悪霊や妖魔を討つ武器を作り出せる。子狸の武器は待針なのだが、最初は片手に余るくらいしか作れなかったのに、最近は一度に二、三十本は作り出せるようになった。少し長さも伸びたし、武器の耐久度が上がれば言うことはない。現在のところ、子狸の武器は一度使うと消滅してしまう。有生の眷属である白狐が作るのは日本刀で、あらゆるものを斬《き》れるし、消えることはない。

「俺がもっと成長すればいいんだよな。そうすりゃ、子狸も成長するんじゃないかな。あー、俺が悪霊を視《み》る目が持てれば」

慶次は汗ばんだ額を拭《ぬぐ》い、大きなため息を吐いた。

討魔師になると神霊も悪霊も視ることができるようになる。けれど慶次は神霊は視ることができるのに、悪霊や妖魔に関しては黒いもやにしか視えない。どうやら子どもの頃妖魔に追いかけられたのがトラウマとなり、悪い霊を視ないという暗示をかけてしまったようなのだ。それを解かねば、さらなる成長は見込めないと分かっているが、原因が分かっても呪縛は解けないまま今に至る。

『ご主人たま、怖がりですもんね……』

「うぐっ」

慶次は情けなくてうなだれた。言われてみるとホラー映画は好きじゃないし、心霊ものの番組は一切見ない。討つべき敵が視えなければ、討魔師失格なのに。

「何かいい方法ねーかなぁ」

慶次は手足を伸ばして、青空を見上げた。

『ご主人たまー、神様にお願いしてみたらどうでしょう？　伊勢神宮の神様なら、ちょちょいのちょいですぅ』

子狸がいい案を思いついたというように、慶次の頭に乗っかる。

「え、でも伊勢神宮って個人的なお願い事しちゃ駄目なんだろ？」

慶次がおぼろげな記憶で言うと、子狸が短い指をちちち、と横に揺らす。

『一ヵ所だけ、個人的なお願い事をしていいところがあるみたいですぅ！　ま、おいらは行ったことないんですけど』

子狸は神社にいた先輩狸から聞いた話を聞かせてくれる。

「神様にお願いかぁ。それいいかもなっ」

慶次はますます伊勢神宮に行くのが楽しみになってきた。もう一往復しようぜと拳を突き上げ、子狸と日が暮れるまで山の中を走り回った。


旅行に行く数日前には慶次は家に戻り、慣れない事務作業をこなしていた。討魔師として仕事を始めて最初の三年間は本家に報告書を出す作業がついて回る。どういう仕事内容だったか簡潔にまとめなければならないのだが、文章を書くのが苦手な慶次は報告書をいつも後回しにしてしまう。溜まった報告書を必死になって書き上げ、封筒に入れて本家に送った。

旅行に行く前日には、身も心もすっきりしていた。

「慶次、お前本当にあの有生さんと伊勢に行くのか？　よく平気だな」

リビングで夕食を食べながら、先週から何度も口にされた言葉をまた今日も父から聞く羽目になった。慶次の家は四人家族で、食事はなるべく一緒にしようという決まりがある。リビングはカウンターを挟んでキッチンと繋がっていて、物が多くて狭苦しい。ダイニングテーブルの横にはくたびれたソファがあるし、テレビ台や飾り棚が部屋を圧迫している。

「何度もうるさいって。有生、けっこういい奴だぞ。ちょっと意地悪だけど、いいところもあるぞ」

慶次はうんざりしてごはんをかっ込んだ。夕食は総菜屋で買ってきたコロッケが並べられている。最近母は料理が面倒だと言って、ほとんど店で買ってくる。いつも料理をしてくれるのは、兄の信長《のぶなが》だ。兄は料理が得意で、なおかつ美味《おい》しいものを作れる。だが小料理屋で働き始めて、頼りにされているらしく、最近では帰宅が夜十一時を過ぎることが多い。

「そんなわけないでしょ。あの有生さんが。涅槃《ねはん》で待つとか言いそうな人よ？　仕事以外にもつき合うなんて、慶次はお人よしね。あ、ところでお土産は赤福《あかふく》でお願いね」

母も父と意見を同じくしていて、いくら有生をよく言っても信じてくれない。それも仕方ないのかもしれない。何しろ有生は、負のオーラをまき散らしているので、親戚からも恐れられているのだ。こうして有生の悪口を言っている父と母だが、実際有生の前に立つと、蛇に睨まれた蛙のようにうつむいて黙り込んでしまう。

（何か、有生を悪く言われると落ち込むなぁ。どうすれば有生をよく思ってくれるのかな）

伊勢旅行に有生と一緒に行くと言ってから、父と母から毎日のように有生の悪口を聞かされる。こんなことなら言わなければよかったと後悔したが、時すでに遅しだ。

「そんな心配なら、明日有生が車で迎えに来てくれるから、その時言えば？」

慶次がふと思いついて口にすると、とたんにリビングの空気がぴしりと凍りつき、父と母が目を逸《そ》らす。

「母さん、今日は面白いテレビがやってるなぁ」

「そうね、あなた。ほら見て、見て」

父も母もわざとらしい態度でテレビを観ている。やれやれと思い、慶次は箸を置いた。

「ごちそう様」

空の食器をシンクに運び、二階の自分の部屋へ向かう。ドアを閉めてベッドに寝転がると、重いため息がこぼれた。

「子狸。あんなんで、もし俺と有生がつき合ってるってばれたら、どうなるかな？」

父と母の態度に消沈《しょうちん》して呟くと、もそもそと子狸が腹から出てきて、じっと慶次を見つめる。その目がうるうるしてきて、慶次はぎょっとした。

「ど、どうした⁉　子狸！」

思わず起き上がって子狸を抱きしめると、子狸が尻尾をしゅんと垂らす。

『有生たま、嫌われていて悲しいですぅ。でもご主人たま！　障害があればあるほど燃えるのが愛なのですぅ!!　大丈夫です！　有生たまは結婚式の式場からご主人たまを連れ去るスパダリ力を兼ね備えてますですぅ！』

「す、ぱだり……？　時々お前、俺の知らない言葉使うんだよなぁ……」

子狸が何を言っているかいまいち分からず、慶次は首をひねった。

『でもご主人たま。おいら、ここはあんまり居心地がよくないですぅ。ご主人たまの家ですけど、神棚もないし、仏壇もあんまり構われてないですし……』

子狸が正座して真面目な顔つきになる。実は慶次もそれは気になっていた。以前はそれがふつうだと思っていたが、本家があまりに居心地がよくて、家に戻るとどんよりした気を感じるようになったのだ。これは慶次が成長して気を感じ取れるようになった弊害《へいがい》らしい。

「そうなんだよな、俺んちって神棚がなかったんだよなぁ」

本家にも離れの有生の家にも立派な神棚がある。お札があると離れていても窓口として繋がっているようで、いろいろ便利らしい。

「俺も子狸がいた柳森《やなぎもり》神社のお札を飾りたいなぁ」

慶次はどこに神棚を置くか悩みながら部屋を見回した。何だかここに置くのは違う気がする。やはり置くならリビングだろうか。

『ご主人たま……、独立は考えないですか？』

子狸がずいっと身を乗り出して、思いがけない発言をした。

「独立か！　おおー、そっか、俺も二十歳だしな。仕事もしてるんだし、それもアリだな」

考えてもみなかったことなので、慶次は腕を組んで想像してみた。何とはなしに心が浮き立つような感じだ。一人暮らし。いい響だ。一度くらいはしてみたいと夢見ていた。

「ちょっと考えてみるよ」

慶次はベッドに寝転がり、あれこれと夢を膨らませた。慶次と仲の良い柚《ゆず》という二つ年上の青年が最近一人暮らしを始めた。一人暮らしについてどんなものか聞くのもいいかもしれない。それに柚は以前は討魔師だったが、今は眷属を剝奪《はくだつ》されて一般人に戻った。今月の夏至の試験を再び受けるのだろうか？

気になり始めるとすぐに知りたくなり、慶次はメールで柚に質問を書き綴《つづ》った。送信して一息つき、うとうとし始める。スマホが鳴る音に気づき目を覚ますと、柚から返信が来ている。柚は夏至の日に試験を受けるため、本家に来るそうだ。しばらく居座るつもりなので、会えたらそこで話そうと書いてあって、慶次はがんばれよというメールを心を込めて送った。


翌朝はすっきりした青空で、雨の気配は微塵《みじん》もなかった。

十時過ぎに家の前に有生の車が停まり、運転席から有生が顔を出す。慶次はスーツケースを引きずり、車のトランクにしまった。有生から何故かスーツ一式を持ってくるよう言われたので、いつもなら旅行バッグで行くところを、今回はスーツケースにしている。

「道、混んでた？」

運転席を覗き込んでいると、背中に視線が突き刺さるのを感じる。玄関の前には父と母がいて、不安そうな顔でこちらを見ている。有生が車から降りようとすると、慌てたように手を振り、家の中に入っていった。

「もしかして挨拶しようとしてくれたのか？」

助手席に乗り込んだ慶次が目を輝かせると、車をゆっくりと発進させながら有生が肩を竦《すく》める。

「白狐がちゃんとしろって言うから。逃げられるとは思わなかったけど」

家から離れ、有生が何でもないことのように言う。慶次は申し訳なくなって、頭を下げた。

「うー、ごめん。俺の家の奴ら、お前に怯えてるから」

今まで考えもしなかったが、有生に対する親の態度はかなり悪い。有生といると、周囲にいる人はたいてい怯える。何か怖いものが近くにいると思うようで、それは有生が放つ負の気のせいだ。昔から慶次は気にならないが、同じ討魔師でも有生を苦手とする人は多い。あまりにも皆が苦手としているから、有生本人がそれについてどう思うかこれまで考えたことがなかった。これが慶次なら傷ついて、悲しくなっている。

「お前、嫌われて悲しくないの？」

慶次はついぽろりと質問した。

「別に。今さら何とも思わないけど」

慶次の心配は杞憂《きゆう》だったようで、有生はさらりと答える。

「第一そういうのが嫌なら、そう思わせないようにできるし。面倒だけど、オーラ変えればいいだけだから。やってないのは他人がどう思おうとどうでもいいからだし」

有生は自分の放つ気を変えることができる。仕事の時は負の気を封印して、好青年を装っているのだ。

「そもそもお前、何でそういう怖い気を出してるの？」

ふと疑問に思って、慶次は首をかしげた。ちょうど高速に乗るところで、有生が妙な間を作る。もしかして聞いてはいけないことだったのだろうかと慶次は焦った。

「ごめん、今のなし」

無言になった有生を案じて、慶次は両手を合わせた。有生はくしゃりと顔を歪め、アクセルを踏む。

「怒ったわけじゃないよ。——半妖なんじゃないのか、って昔はよく言われたなって思い出しただけ」

有生は他人事のように呟く。半妖……、半分妖怪ということか！

「そ、それはひどくないか」

慶次が顔を引き攣らせると、有生は面白そうに笑う。

「それならそれで面白そうだけどね。俺の母親が妖怪だったなら、耀司兄さんも半妖だな。ありえないことじゃない。なんてね」

有生は軽い口調だ。有生の母親については慶次はあまり知らない。いつかくわしい話を聞きたいと思った。有生の生い立ちに関することなら、慶次も知りたい。

(不思議だなぁー。これがつき合うってことなのかなぁ。有生のこと、有生に対する周りの人の態度、有生の周囲のこと、いろんなのが気になってきた)

前は気づかなかったさまざまなことが、有生ときちんとおつき合いをしているという自覚ができてから気になり始めた。

「ところで全部お前にお任せコースだけど、最初はどこへ行くんだ?」

慶次は肩掛けのバッグから旅行ガイドを取り出して尋《たず》ねた。

「最初は二見浦《ふたみうら》だね。古来からまず興玉神社《おきたまじんじゃ》で禊《みそぎ》をしてから参拝するのが習わしだから」

当然のように有生が言い、行っておきたい場所だったので、慶次はわくわくした。

「言っとくけど、けっこうぎゅうぎゅう詰めの行程だから覚悟してね。本当は三泊四日したかったのに、夏至の試験があるから」

面倒そうに有生が文句を垂れる。出発日が十七日だったので、二泊しかできなかったのだ。有生は今年も夏至の試験の立会人をするらしい。慶次もいつかそういう役割を担《にな》ってみたい。

「あ、柚が参加するらしいからよろしくな！」

慶次が意気込んで言うと、有生が鼻で笑う。

「あー、タスマニアデビルなら書類選考で落選したから。人外だし、アウトだね」

「そんなわけないだろっ」

有生のブラックジョークに焦り、慶次はぽかぽかと有生の肩を叩いた。有生の笑い声に気持ちが楽になり、旅の始まりに心を浮き立たせた。

高速を使い、名阪《めいはん》国道を通るルートで伊勢に向かった。慶次の家から四時間ほどかかって二見浦に着いた。沖合約七百メートル先にある夫婦岩《めおといわ》が有名だ。昔の人は伊勢神宮に行く前にここで禊をしていたらしい。着いた時には午後二時になっていたので、神社には観光客も多く、賑《にぎ》わっていた。お参りした後はうなぎを食べに行き、そこから月読宮《つきよみのみや》、倭姫宮《やまとひめのみや》、月夜見宮《つきよみのみや》、伊雑宮《いざわのみや》を駆け足で参った。

『気が昂《たかぶ》ってきましたですぅ』

別宮をいくつも回ると、子狸のテンションが上がってきて、頼んでもないのに腹踊りをしている。眷属なので、やはり神聖な場所に来ると調子が上がるようだ。

「さすがすごいなー。別宮も定期的に建て替えてるんだろ？　信じられないよ」

慶次はパンフレットを眺め、感心した。伊勢神宮では二十年ごとに、内宮外宮だけでなく、十四の別宮の社殿を造り変えている。規模が大きすぎて、慶次には想像もできない。

「再生に重きを置いているんじゃゃない？」

一日目の最後に回った伊雑宮を後にして、有生が言う。時刻はすでに五時を回っている。

「再生か……」

慶次は白木造りの社殿を思い返して呟く。

「日本ってそういう国でしょ。災害が多いから、再生する力が養われている。古い時代なら今よりもっと苦労があっただろうし、定期的に作り直すのが自然な考えだったかもね」

駐車場に駐めていた車に乗り込み、有生が言う。助手席に腰を下ろし、慶次はにやにやして有生を見つめた。

「何？　キモイんですけど」

慶次は温かい眼差しを注いでいたつもりだが、有生は眉を顰《ひそ》めている。

「何でキモイんだよ！　いいこと言うなぁと思ってたのに！」

「あ、そうなの？」

慶次が腹を立てると、有生が苦笑してシートベルトを締める。

「このまま宿に行こう。神宮は明日で」

車をゆっくり発進させながら、有生が言う。宿は内宮に一番近い場所に建っているところにしたようだ。有生はかなり早起きしたらしく、眠気がやってきたと言っている。高知の山奥から和歌山経由で伊勢に来たのだから、当たり前だ。

六時過ぎに宿に辿り着き、慶次は荷物を下ろした。

「おおー、いいなっ」

旅館に泊まるのは久しぶりで、慶次はウキウキして有生とチェックインをすませた。全室露天風呂つきというういい宿だった。部屋は畳敷きで、広々としているし、寝室は別間がある。けっこう高そうな宿で申し訳ない気もしたが、有生の好意なので素直に甘えることにした。

食べ切れないほどの美味な夕食を平らげ、温泉に入ると、有生は眠いと呟いて倒れるように和ベッドに横になってしまった。運転を替わると言ったのだが、絶対に断ると言われ、今日はずっと気を遣っていたのだろう。

(こういうの珍しいな)

有生の寝顔を見下ろし、慶次はふふっと笑った。ためしに有生の頬をつんつんと突いてみたが、熟睡していて起きる気配がない。

「こんなことしちゃったりして」

スマホを取り出し、寝ている有生の顔を写真に収める。黙っていれば本当に美形だ。鼻筋も通

っているし、彫りも深い。髪は柔らかくてさらさらしているし、体躯《たいく》も立派だ。

『ご主人たま……いちゃいちゃしすぎですぅ』

有生の鼻を摘んだり、頭の匂いをクンクン嗅《か》いだりしていると、子狸がぽっと頬を赤らめて出現した。

「はっ？　いやいや、俺はこれを機に有生を弄《もてあそ》ぼうと！」

赤くなって慶次が有生から離れると、子狸がまたまたぁと手を振る。

『カップルで行く伊勢旅行……ラブラブですねっ。おいら、嬉しいですぅ。前は好きじゃないと言い張っていたご主人たまがこうして素直に愛に身を任せ……』

しみじみとした口調で言われ、慶次は焦って子狸を突き飛ばした。

「や、だから違うって！　ふだん、こんなことさせてくれないだろっ。こいつすぐキモキモ言うしさぁ！」

子狸は畳の上で、でんぐり返しして、尻尾を振る。その目がにやーっと慶次を見ているので、なおも言い募ろうとすると、布団から腕が伸びてきて、慶次の身体がベッドに引きずり込まれる。

「うるさい」

半分寝ぼけた様子の有生に低い声で叱られ、慶次は身を竦めて口を閉じた。有生は慶次を抱き込んだまま、すーっとまた深い眠りに沈む。有生の身体が温かくて、慶次はもぞもぞと布団の中に入り込んだ。

（こんなに温かくて、半妖とか……）

運転中に有生が言っていた台詞を思い返し、つい笑いがこぼれる。そのまままいつしか慶次も眠りに引きずり込まれていた。


梅雨が明けていないのに翌日も晴れ渡る綺麗な空が広がっていた。有生はたっぷり睡眠をとり、すっきりした顔つきになっている。宿で朝食をとると、有生は慶次にスーツを着るよう指示してきた。

「お前が言うから持ってきたけどよ。やっぱりちゃんとした服装じゃないと駄目なのか？」

ジャケットに袖を通し、慶次は首をかしげた。これまでどんな神社に行く時も、わざわざスーツを着ていったことはない。

「御垣内《みかきうち》参拝するから」

有生はネクタイを締めながら言う。どうやら一般エリアよりもさらに近い場所で参拝できるようだ。そのためにはスーツが必要だと教えてくれた。スーツケースに入れておいた革靴を取り出し、慶次は不慣れなネクタイにとりかかった。仕事の時はスーツ着用と義務づけられているのでネクタイも何度も結んでいるのだが、いまいちかっこよく結べない。

「慶ちゃん、不器用だよね」

有生が慶次の前に屈み込んできて、ネクタイを綺麗に結び直してくれる。ありがとうと礼を言おうとして顔を上げると、ちゅっと音を立ててキスをされた。

「昨日の夜、何か悪戯《いたずら》してたでしょ」

額をくっつけて有生に聞かれ、慶次は頬を赤らめて視線を横に逸らした。

「いやいやしてませんけどぉ？　自意識過剰ですよ、有生さん」

すっとぼけた口調に怒るかと思ったが、有生は笑って慶次の髪を弄ってくる。

「嘘。慶ちゃんのスマホに俺の画像がある」

無理やり顔を有生に向けさせられ、慶次はびっくりして目を見開いた。

「えっ、お前！　俺のスマホ、覗いたのかよ！」

盗撮していたのがばれていたなんてと慶次が声を大きくすると、逆に面食らったように有生が身を引く。

「え、ホントに撮ったの？　ふーん。……フーン……」

有生はかまをかけただけらしく、ふっと頬を赤くして、くるりと背中を向ける。

「何だよ、ずりぃな！　引っかけやがって！　あ、でも言っとくけど変な画像じゃないぞ。お前の寝てるとこ激写しただけだし」

有生がどう思っているか分からず、慶次はスマホを取り出して画像を開き、有生の前に回り込んで見せびらかす。ふと見ると有生が照れたように天井を見上げている。ひょっとして、喜んでいるのだろうか？　怒っているのではなく？

「えっと、これ……」

無性に慶次も照れくさくなり、耳を赤くしてスマホを見せる。有生はちらりと画像を見て、わざとらしく咳払いする。

「別にいいけど。俺も撮ったことあるし」

衝撃的な発言が有生の口から飛び出し、慶次はあわわと有生の腕を掴んだ。

「えっ!?　いつ！　どこで!?　俺に見せろ、変な顔だったら削除する！」

知らぬ間に自分の寝顔を撮られていたとは知らず、焦って有生の身体を揺らした。有生はいつもの調子を取り戻したように意地悪く笑う。

「だーめ。これは俺のお宝画像。安心して、他人には見せないから」

見せろとしつこく言い募っても、有生は笑って取りあってくれない。宿を出るまでも言い合いを続けたが、結局有生は画像を見せてくれなかった。いつの間に撮っていたのだろう。有生のことだからきっと慶次の変な寝顔を激写して笑っていたに違いない。

「外宮まではバス使おう」

伊勢神宮を参る時は外宮から行くのが習わしだ。有生の提案でバスで外宮に向かった。外宮行きのバスは多く出ているので、ほとんど待たずにバスはやってきた。

「おおー」

バスを降りると、テレビや雑誌でよく見る光景が見えて慶次は歓声を上げた。宿を九時に出たが、すでに表参道には参拝客がいた。平日のこの時間でこれだけ人が来るなら、休日はもっとすごいのだろう。

「おおっ」

表参道火除橋《ひよけばし》に近づいた慶次は、つい引っくり返った声を上げた。場の空気が変わるというか、鳥居をくぐってもいないのに、すごい神気が漂っている。鳥肌が立ち、静電気を受けているみたいに背筋がぴしっとなった。

「す、すごいなっ」

慶次が興奮して言うと、有生がうなじを掻く。

「まぁちょっと特別だよね、ここはやっぱり」

有生も前方を見据え、ほうっと吐息をこぼした。慶次の腹から子狸が出てきて、うひょーっと叫びながら慶次の頭に飛び乗った。

『ここが伊勢神宮っ。ご主人たまー、すごいですぅ。おいらの尻尾が二倍に膨れ上がりましたぁ。なんという僥倖《ぎょうこう》、念願のお伊勢参りですぅ』

子狸は興奮して慶次の髪をぐしゃぐしゃにする。

「行こうか、慶ちゃん」

有生が小さく笑って歩き出す。その後ろにくっついていき、慶次は火除橋を渡った。外宮は豊受大御神をご祭神として食物や衣食住、産業の神様として有名だ。伊勢神宮では内宮だけを参ることを片参りと言いよくないとされている。

手水舎《ちょうずや》で手と口を清め、玉砂利を歩く。外宮は広々とした敷地に手入れの行き届いた植物が青々と育っている。神域に育つ樹木は大きく太く、のびのびと枝を広げている。

一の鳥居、二の鳥居をくぐり、神楽殿《かぐらでん》へ行く。御垣内参拝をするための手続きをして、正宮へ向かった。御幌《みとばり》と呼ばれる白い布の前では、多くの参拝客が手を合わせている。

「有生」

御垣内参拝をするには神職から服装チェックを受けるのだが、その前に背後から近づいてきた白い狩衣《かりぎぬ》に黒の烏帽子《えぼし》、浅沓《あさぐつ》姿の神職が、有生を見て声をかけてきた。有生と同年齢くらいの男性だ。一重の鼻筋の通った顔立ちで、柔らかな雰囲気を持っている。慶次が驚いて有生を振り返ると、珍しく有生が微笑んで会釈《えしゃく》する。

「こんにちは」

「来るって聞いてたから、楽しみにしてた。元気そうだな」

爽《さわ》やかな笑顔で有生に話しかけてくる男性が、興味深げに慶次を見つめる。

「慶ちゃん、彼は来栖和葉《くるすかずは》。来栖、この子は山科《やましな》慶次。会ったことないっけ？」

有生が慶次を紹介すると、来栖と呼ばれた男は慶次の頭のてっぺんから足のつま先までじっくり眺め、嬉しそうに笑った。

「赤ちゃんの時、会ったかも。よろしく、慶次君」

手を差し出されて思わず握り返したが、見知らぬ人だ。慶次がぽかんとしていると、有生が苦笑した。

「苗字違うけど、如月《きさらぎ》さんの弟だよ。和葉は婿養子に入っちゃったからね。今や伊勢神宮で神職しているエリート中のエリート」

有生に説明され、慶次はびっくりした。如月真《まこと》は節分祭で福の神役を務めた親戚だ。言葉は悪いがうさんくさそうな人物なので、その弟がこんなに爽やかだとは驚きだ。話によると、来栖は討魔師になれるだけの素質がありながら、神職の道を目指したという。

「聞いたよ、兄から。節分祭で生き残った有能な討魔師なんだって？」

来栖に褒められ、慶次は鼻の下を伸ばした。

「いやぁ、それほどでも」

「ずるっこして、お色気作戦したくせに」

有生に小声でぼそりと呟かれ、うるさいなぁと背中を小突いた。来栖は有生と慶次のやりとりを嬉しそうに眺め、「有生が楽しそうでよかった」と微笑んだ。来栖は有生といても平気な人間らしい。

「俺が案内するよ」

来栖はそう言って、南宿衛屋《みなみしゅくえいや》へ慶次たちを率いた。記帳した後に清めの塩でお祓いを受け、外玉垣《とのたまがき》南御門から中へと入る。足元は大きな玉砂利で歩きづらい。けれど一歩踏み出したとたん、さらに神気が濃くなって、ふっと音も静かになった。

『ふわぁぁぁあ』

子狸がゆらゆらと宙に浮かび、うっとりした表情になる。来栖も子狸が視えるらしく、小声であまり上を飛ぶなと言っている。

神宮内はどこも清浄な気に包まれていたが、とりわけここは濃密な気が流れている。脳がすっきりするというか、背筋がぴんとなる。大きな力がここにはあると感じた。正殿から、すーっと白い煙のようなものが出てきて、並んで手を合わせる慶次と有生の中に入ってきた。それはくらくらするくらいのエネルギーの塊《かたまり》で、拝礼を終えて御垣内《みかきうち》を出る間も足元がふらつくほどの衝撃だった。慶次はこの時の記憶が少し飛んでいて、何度も名前を呼ばれてハッとした時には、御《み》厩《うまや》の前にいた。

「えっ、あれっ、俺、何で？」

正殿前で手を合わせていたと思ったら、いつの間にかぜんぜん知らない場所にいる。御厩には白馬がいて、参拝客から注目を集めていた。目の前の有生が、安堵《あんど》したように肩を落とす。

「やっぱり飛んじゃってたんだ？　ぼーっとしつつも参拝してたから大丈夫かと思ったんだけど。神様からエネルギーもらってのぼせちゃった？」

額を触られて、慶次はびっくりしてきょろきょろした。有生の話によると、正宮《しょうぐう》を出た後、風宮《かぜのみや》や多賀宮《たかのみや》、土宮《つちのみや》を回っていたらしい。ぜんぜん記憶はないが、ちゃんと歩いていたようだ。何だかずっと雲の上を歩いているような不思議な感覚だった。意識がはっきりしてきて、深呼吸をする。

「子狸はまだ夢の中みたいだな」

有生が慶次の頭に乗ったまま、とろんとしている子狸をつんつんと突く。

『おいらもう今日は閉店ですぅ。食べすぎで胃がパンパンですぅ』

子狸は膨らんだ腹を上に向けてげっぷをしている。ふと有生の名前を呼ぶ声がして、振り返ると先ほど会った来栖が手を振って駆け寄ってきた。

「間に合ってよかった。これ、お土産に持っていって」

来栖は二人分のお守りを手渡してくる。来栖が特別に強力な霊気をこめてくれたお守りのようだ。礼を言って受け取ると、来栖が慶次の手をぎゅっと握ってくる。

「慶次君。こいつはわがままで気分にむらがあって、他人をまったく信じない奴だけど、ここへ君を連れてくるくらい特別に思ってるから、これからも仲良くしてあげてくれ」

真剣な目つきで言われ、慶次は慌てて頷いた。横にいる有生は面白くなさそうに、「何それ」と呟いている。来栖と手を振って別れ、慶次はいい人だなぁと微笑んだ。親戚とはいえ有生にもちゃんと友達がいて、よかった。

「はー。それにしても記憶が飛ぶなんて、恐るべし神の力だな……。外宮でこんなで、内宮じゃどうなるんだろ」

慶次は自分の頬を叩いて、有生と一緒に鳥居をくぐった。火除橋を渡り、内宮行きのバス停へ向かう。

「っていうか、有生は平気だったのか？　何かふわふわするくらい、すごいパワーだったじゃん？」

平然としている有生が気になり、慶次はじろじろと見た。足元もしっかりしているし、いつもと同じに見えるが、同じように神様からエネルギーをもらったはずなのだ。

「大量に神気をもらうと、一時的に波動が上がるから、すぐ調節するんだよ。あまり上がりすぎるとぼーっとするし、頭痛くなるし」

何でもないことのように言われ、慶次は目を丸くした。

「調節ってどうやって？」

「そんなの子狸に聞けばいいじゃない」

馬鹿にした笑いをされ、慶次はムッとして頭の上の子狸を指した。

「子狸だってこうなってんだぞ。たまにはちゃんと説明してくれ」

慶次が睨みつけると、有生が笑いを引っ込め、眉根を寄せる。しばらく黙り込んだと思うと、おもむろに説明を始めた。

「つまりね、神様からエネルギーをもらって慶ちゃんの意識は天に引っ張られてる状態になったわけ。肉体から離れて、意識だけ天界にいる感じ」

「幽体離脱ってことか!?」

慶次が驚愕して叫ぶと、有生が頭をがりがりと掻く。

「ちょっと違うけど、まぁいいや。それで、肉体を意識すればふつうの状態に戻る。上がりすぎた波動を下げればいい。下げるのは簡単。肉を食べたり、エロいこと考えたり。俺はいつでも慶ちゃんとのエッチを思い出せば、肉体を意識できるよ？」

さらりと言われ、期待していた内容とかけ離れていて、顔が引き攣った。神様からのあんなすごいエネルギーをもらった後に考えたことが、自分とのいやらしい行為なんて……。すごくがっかりした。ちょっと軽蔑した。

「何、その顔。人が説明してやってんのに」

有生が冷めた顔つきになり、慶次の鼻をぎゅっと摘む。けっこう痛くて、急いでその手を払う。

「何かもっとすごいやり方があると思うだろうがよ！　そ、それを、俺との……っ、ていうかもういいよ。それより、来栖さん、いい人だったな。お前がふつうに話してるの珍しい」

有生との言い合いでずいぶん意識が覚醒《かくせい》し、もっと話したかったと後悔した。来栖は仕事中だから長居はできないが、いつかプライベートで会って話してみたい。

「あいつとは同い年だから、小さい頃からよく遊んでる。打たれ強くて、いじめ甲斐がないからしゃべるようになった。慶ちゃんが神気当たりしてたのも分かってるから、心配してたよ」

「打たれ強いんだ！　何で討魔師にならなかったんだ？」

如月真の弟で、子狸も視えていたようだし、有生と仲が良いなら霊能力はあったはずだ。慶次の疑問に有生はさぁねと笑う。

「また会う機会があれば聞いてみれば？」

神職をしている来栖と会う機会があるとは思えないが、慶次はそうだなと呟いた。バス停に辿り着くと、ちょうど内宮行きのバスがやってくる。外宮を去るのが惜しいような気持ちでバスに乗り込み、慶次は遠ざかる外宮を見送った。


昼時だったので、内宮にお参りする前に和食の店でお昼を食べた。おかげ横丁《よこちょう》は多くの観光客で賑わっている。頼まれた土産物は明日買うとして、興味を引かれる店がたくさん並んでいる。内宮参拝後は猿田彦《さるたひこ》神社に行く予定だが、後でおかげ横丁をぶらぶらしたいものだ。外宮で風船のように浮いていた子狸は、慶次がお昼を食べ終わる頃にはすっかり元に戻っていた。

『ご主人たまー、外宮でお願い事するの忘れてましたね』

鳥居をくぐり、宇治橋《うじばし》を渡っていると、子狸が思い出したように言った。そういえば多賀宮では願い事を言ってもいいそうだが、頭がふわふわしていたので素通りしてしまった。

「そうだな、今度は意識をしっかり持つぞ」

慶次は意気込んで拳を握った。神苑《しんえん》を通り、内宮の爽やかな気を感じながらあちこちを見て回った。外宮とは雰囲気が少し違う。どちらも素晴らしいが、内宮のほうが華やかな感じがした。

五十鈴川《いすずがわ》で手と口を清めた後、瀧祭神《たきまつりのかみ》で手を合わせた時だ。

突然、頭上から声がした。

『和歌山の山科慶次と高知の弐式有生、お取次ぎをしよう。何か願いはあるのか』

涼やかな声がはっきり聞こえて、慶次は面食らって周囲を見回した。瀧祭神は社殿のない石神として祀られている。ふと上を見ると、白い光が浮いている。もしかしてここが願い事をする場所かと、慶次は意気揚々《ようよう》と口を開いた。

「悪霊がはっきり見えるようになりたいですっ」

手を合わせて、念じるように言う。白い光は有生に目を向け、促すように『そのほうは』と言った。

「俺は……」

有生は一瞬慶次のほうを見て、白い光に向かって目を閉じて頭を下げる。気になって慶次が耳を欹《そばだ》てると、有生は無言で手を合わせている。

『了承した。天照大神にお取次ぎをする』

白い光はそう言ってふっと消えた。慶次はどきどきして、正宮に向かう間も落ち着かなかった。天照大神は個人的な願い事は聞かないと聞いていたが、ひょっとして慶次の願いを叶えてくれるのだろうか？

「なぁ、有生。お前は何の願い事したんだよ？」

玉砂利の道を、有生を肘で突きながら進む。

「別に。俺は願い事なんてないし」

有生はそっぽを向いている。わざわざ取次ぎしてくれるというのに、何も願い事をしないなんて！　ありえないだろうと慶次は嘆いた。

「まぁ、そりゃあお前は何でもできるしな。マンションも持ってるし、力も強いしな。でもどうする？　俺がちゃんと悪霊視えるようになったら、お前なんかすぐ追い抜かすからな。お前の仕事なくなるかもしれないぞ」

慶次が胸を張って言うと、有生が呆れたように見下ろしてくる。

「そういうのは視えるようになってから言ってくれる？　毎度懲《こ》りないよね、慶ちゃん。正宮に行ったら、急に何もかも視えるようになるとでも思ってるの？　そんな旨《うま》い話あるわけないだろ」

冷静な指摘に慶次は「うっ」と怯《ひる》み、うなだれた。完全にそのつもりだった。正宮に行ったら、飛躍的に能力が上がると思っていた。わざわざ取次ぎしてくれると言われたからだ。天照大神といえば太陽神の女神、日本神話では主神として現れる神だ。そんなすごい神様なら、一瞬で世界を変えてくれるかもしれないと思った。

「ちぇー。駄目かなぁ。でも何かアドバイスくれるかも？」

望みを捨て切れず、慶次は心を浮き立たせて正宮に向かった。

正宮は四重の垣根に囲まれた唯一神明造《ゆいいつしんめいづくり》の建築様式で、茅葺《かやぶ》き屋根に素木《そぼく》の柱というシンプルな形だ。外宮と同じように参宮章を見せ、記帳して神職の方に誘われて玉垣《たまがき》の中に入っていった。内宮も白い帳《とばり》の中は濃密な神気が漂っている。二拝二拍手して目を閉じると、ふいに強い風が吹いた。

（わっ！）

目を閉じているのにフラッシュが光ったみたいに強い光が現れ、慶次と有生の髪をなびかせた。目を開けようとしたが、あまりに眩《まぶ》しすぎて、何も見えない。

『――試練を与える』

凛《りん》と通る声が頭の中に響き、慶次はハッとした。風はもう一度吹き、玉垣の外にいる参拝客たちがわぁっと驚いた声を上げている。

『それを乗り越えられたなら、おのずと望みは叶うだろう』

その声を最後に、ふっと光が消えた。慶次が目を開けても、そこには何もない。神職が振り返り、にこやかに慶次と有生を見る。

「神様に歓迎されたようですね」

穏やかな声で言われ、慶次は頰を紅潮させて一礼した。一刻も早く有生と話したいが、神域にいる間はおしゃべりは禁物だ。

玉垣の外に出て、正宮から少し離れると、慶次は目をきらきらさせて有生の腕を摑んだ。

「聞いたか⁉　有生！　あれって、天照様⁉　ひゃーっ、マジ、鳥肌もんだぜ！」

慶次はこの興奮を分かち合いたくて甲高い声で叫んだが、肝心の有生が憂鬱《ゆううつ》そうな表情で慶次に揺さぶられている。

「何でそんなテンション低いんだよ！　魚の死んだような目をしてるぞっ」

ひどく面倒そうな表情をしている有生が気になり、慶次は覗き込んで文句をつけた。

「慶ちゃんこそ、どうしてそんなテンション上げてられるの？　ちゃんと聞いてた？」

かすかに苛立った声を出され、慶次はもちろんと胸を叩いた。

「試練を与える、だろ！　それを乗り越えたら願いが叶うんだぜぇ！　うひょーっ、どんな試練なんだろっ、マジ上がるっ」

慶次が両方の拳を握り、嬉しそうに足踏みすると、絶望した表情で有生に見つめられた。

「試練を与えるって言われて、そんなに喜んでたの？　キモ。マジで無理。慶ちゃんのそういうところ、本当にキモイ。前からMっぽいって思ってたけど、真性Mだね。何で俺、こんな子とつき合ってるんだろ」

気味悪そうに仰け反られ、慶次は顔を赤くして怒った。言うに事欠いてひどすぎる。

「だからキモイって言うなって言ってるだろ！　お前こそ、少しはやる気見せろよな！　分かった、お前願い事言ってないから他人事なんだろ」

慶次が言い返すと、何故か有生が顔を歪めて目を逸らした。その態度でぴんときた。伊達《だて》に有生とつき合ってない。

「お前、ホントは願い事言ったんだろ。願い事なんてないとか嘘ついたな！」

じろりと慶次が睨むと、有生が髪をかき上げる。

「へー。少しは頭が回るようになったじゃない」

嫌味っぽく笑われ、有生も願い事を言ったと分かった。内容については何度聞いても教えてくれなかったが、これでお互い立場は同じになったはずだ。

「有生、がんばろうぜ！　どんな試練か分かんないけど、無事乗り越えて、願いを叶えよう！」

有生の背中を叩き、力強く拳を天に向かって突き上げる。慶次はすっかりやる気になったが、逆に有生はため息ばかりこぼしている。試練大好き！　と笑っていると、有生が気持ち悪いから少し離れてくれと足早に去っていった。

伊勢神宮の後は猿田彦神社にお参りして、おかげ横丁をぶらついてから宿に戻った。宿の食事は美味しくて、接客もよかったし、部屋は静かで落ち着いている。

翌日は日の出と共に伊勢神宮の朝参拝をした。ちょうど太陽が昇り始める頃に内宮にいたので、神々しい景色を見ることができた。真っ暗だった時は宇宙にいる感じがして、日が昇ると地球に下りてきたみたいだ。宿に戻り、朝食を食べると、チェックアウトして朝熊岳金剛證寺《あさまだけこんごうしょうじ》を目指した。伊勢参りをする時は、帰りにここに寄るのが習わしだったようだ。

二泊三日の濃い旅であった。車がなければ、全部回るのは無理だっただろう。惜しむらくは慶次は運転させてもらえなかったことだが……。

有生の運転で慶次の家に着いた頃には、もう夜十時を回っていた。この後高知に戻るのだから、有生は大変だ。

「車の運転、ありがとうな。すごく楽しかったよ。初デート、完璧だなっ」

助手席に座っていた慶次はシートベルトを外し、笑顔で言った。慶次の立てた遊園地プランより百倍よかったのは認めざるを得ない。

「わんぱーくなかったことになってるんだ？　それで慶ちゃん、次いつ来るの？　夏至の試験は来る？」

有生は車から降りて、トランクにある慶次のスーツケースを下ろしてくれる。慶次も車から出ると、スーツケースを受け取り、うーんと夜空を見上げた。

「夏至の試験は邪魔だろうから行かないけど、大祓があるから、すぐ行くよ」

「そう」

有生が小さく笑い、車の中に戻ろうとする。慶次は慌ててその腕を引っ張った。

「何？」

引き留められて、有生が悪戯っぽい顔をする。慶次はそっと近づいて、辺りに人がいないのを窺《うかが》い、耳打ちした。

「初デートと言えば、別れ際のキッスだろ！　そこまでしなきゃ駄目じゃないか！」

慶次が赤くなって言うと、有生が噴き出して笑う。

「あのさぁ、慶ちゃんってホント、どこでそういうの刷り込みされんの？　何かそういう教科書でも持ってんの？」

有生にはひとしきり笑われてしまったが、そういうセオリーに従いたいのが慶次だ。んーと目を閉じて待っていると、有生が肩を震わせて笑っている。

「俺がするの？　慶ちゃんがしてよ」

額を突かれて、慶次は目を開けた。そういえばすっかり女役をしていたが、慶次がしてもいいはずだ。

「そうだな。じゃ、俺が男らしく……」

こほんと咳払いして、屈み込む有生を見つめる。だがいざやろうとすると、恥ずかしくてなかなか一歩が踏み出せない。

「まだー？」

有生がわざとらしく煽ってくる。有生のほうが背が高いので、わざわざ屈んでくれているのだ。つらい体勢だろうから、早くしてあげなければと、慶次はその首にしがみついた。

「ん」

ちゅっと音を立ててキスをすると、無性に照れくさくて手を離した。離れようとしたが、その腕を引き寄せられ、有生にかぶりつくようなキスをされる。強く唇を吸われ、抱きしめられて、胸が熱くなって有生の背中に腕を回した。

（もうちょっとこうしていたいなー）

有生とキスを繰り返しながら、慶次は目がとろんとしてきて、そんな自分に驚いた。有生とこれだけずっと一緒にいたのに、まだいたいなんて。自分は相当おかしくなっているのかもしれない。

「やっぱこのまま、連れていっていい？」

有生が耳朶に口づけ、囁いてくる。ふらりとその気になりかけたが、母に渡す土産の赤福は日持ちしない。

「またすぐ行くから」

名残惜しかったが有生の手を離し、車の中に押し込んだ。いつまでもここでぐずぐずしていたら、有生が帰り着く頃には日を跨《また》いでしまう。改めて和歌山と高知は遠いと思い知った。

「ありがとう、気をつけて」

去っていく有生の車に手を振り、テールランプが消えていくのをその場で見つめていた。

(何か、恋人っぽくないか!?)

一連の流れがいかにも恋人っぽくて、慶次は一人で身体をくねらせながら照れていた。さぁもう家に入ろうと思い振り返った慶次は——その場で硬直した。

「け、慶、ちゃん……」

いつの間にか背後に兄の信長が立っていたのだ。カーディガンにズボンという格好で、驚愕の眼差しで慶次を見ている。いつからそこにいたのか、どこから見られていたのか、ぜんぜん気づかなかった。いつも十一時過ぎに帰ってくるくせに、今日は一時間も早いじゃないか。

「あ、あは……、兄貴、た、ただいま」

スーツケースを持つ手が震える。兄の顔が信じられないものを見たと訴えている。顔が青ざめて、慶次を指さしてわなないている。

「い、今……有生さんと、キ、キス、してたよね……?」

ばっちり見られている。いちゃいちゃしてたのを、よりによって兄に見られた。家まで送ってくれた恋人と家の前でキスをするという甘酸っぱい経験をしたかったのだが、それには大きな危険が付随していた。——誰かに見られるかもしれないという。

「え、そ、そうだったかな? いやぁ、その、兄貴」

口止めをするべきか迷っていると、兄はすごい勢いで家に駆け込んでいった。止める間もない。急いでスーツケースを引きずり追いかけると、家の中で兄が「父さん、母さん、大変だよ！」と金切り声で叫んでいる。

「何なの、もう騒がしい。あら、慶次、お帰り」

居間でテレビを観ていた母が、蒼白な顔の信長と入ってきた慶次を交互に見て笑う。父は新聞を読んでいて、老眼鏡をずらして兄と慶次に笑いかける。

「どうした、信《のぶ》。顔色が悪いぞ」

父が首をかしげると、兄は母が観ていたテレビを勝手に消して、二人を見据えた。

「慶ちゃんと有生さんがキスしてた」

ずばりと兄に密告され、慶次は頭をぽりぽりと掻いた。兄に黙っていてくれと頼むつもりだったが、速攻でばらされてしまった。

「は？」

父も母もぽかんとした表情で固まっている。兄は焦《じ》れたように地団駄を踏み、髪を掻きむしった。

「今、有生さんの車が来てっ、怖いから帰るまで隠れてようとしたら、け、慶ちゃんと有生さんがキスしたんだよ！　何かの間違いかと思いたかったけど、ちゅーちゅー長かったし、見間違いじゃない!!」

悲壮な顔つきで兄に怒鳴られ、慶次はぽっと頰を赤らめた。そんなに長かっただろうか。離れ難くて、つい……。

「……慶次、どういうことだ？」

居間の入口で突っ立っていた慶次を、父と母が同時に振り返る。二人とも顔が強張っていて、居間の空気がしんと張りつめる。あれ、もしかしてやばいやつか、と慶次も真顔になった。

「えっとー、まぁそういうわけっていうかぁ。俺たちつき合ってます」

慶次が明るく言い切ると、派手な音を立てて母がテーブルの上の湯飲みの茶をぶちまけた。父は新聞を落とし、兄はへなへなとその場に頽《くずお》れる。

「まだつき合い始めて三カ月だし、そのうち言おうと思ってたんだけど。あ、これお土産。そういうわけでよろしく」

スーツケースから赤福と伊勢土産の伊勢海老を取り出し、母の前に置いておく。慶次が話しかけても、父も母も微動《びどう》だにしない。兄は何故か泣き出してしまった。

「えっと……そんじゃ」

時間停止したみたいになってしまった居間に居づらくなり、慶次はスーツケースを持って二階に上がった。部屋のドアを閉めたとたん、階下で言い争っている声が響いてくる。

「子狸、これやばい案件か……？」

スーツケースの荷解きをしながら、慶次はおそるおそる聞いてみた。

『はい、ご主人たま。覚悟が必要ですぅ』

えらく真面目な顔をした子狸が現れ、慶次は背筋が寒くなった。

■3　許されざる恋ってやつなんだ

慶次はいつも朝六時に目覚める。そしてトレーニングウェアに着替え、近くの公園までジョギングをする。五キロほど走って戻ってくると、兄が朝食を準備しているので、美味しくいただいて一日を始めるのが日課だ。

だが、この日は様子が違った。ジョギングを終えて家に戻ると、居間では父と母がどんよりした様子で食卓についていた。テーブルの上には焼いたパンと目玉焼きしかない。ふだんは必ずサラダや果実が入ったヨーグルト、美味しいコーヒーがついてくるのに、今日はえらく寂しい。どうやら兄は今起きてきたようで、卵を焼くので精一杯だったようだ。

「おはよう、皆。すげー暗いな。どした？」

慶次はタオルで汗を拭き、定位置に座った。ダイニングテーブルを家族四人で囲み、いただきますと手を合わせる。焼いたパンにマーガリンを塗っていると、家族の様子が気になった。父も母も兄も、暗い面持ちで朝食を見つめているだけなのだ。

「食べないの？」

慶次が気になって聞くと、父がおもむろに顔を上げた。

「慶次、話がある」

重々しい口調で言われて、慶次は目玉焼きをパンに載せて頬張った。きっと昨日のことだろうと思い、慶次は「何?」と咀嚼しながら言う。

「お前……、お前、昨夜の話は本当なのか……? お前と有生さんがつき合ってるとか……。ないよな。ありえない。信が見たのは幻《まぼろし》だ。嘘だと言ってくれ。な、俺たちをからかっているんだろう? 早く盛大なドッキリだと言うんだ」

父が青ざめた顔で慶次を見る。慶次はもぐもぐとパンを齧《かじ》り、笑った。

「そんな冗談言うわけないってー」

慶次が明るく答えると、突然父がテーブルを激しく叩いた。その音に慶次もびっくりしたが、母も兄も驚いて飛び上がる。

「ほ、ほ、本当なのか!? こんな大切な話を、食べながらする奴があるか!」

部屋中に響くくらい大きな声で怒鳴られ、慶次は面食らって固まった。

「え、でもごはんは温かいうちにすぐ食べろってのが、うちの家訓だって前に父さんが……」

慶次が不可解な顔をすると、父が口をぱくぱくさせて母に助けを求める。

「食べながらでもいいけど、どういうことか説明してちょうだい。有生さんとつき合ってるって、恋人っていう意味なの? 友人としてのつき合いなんじゃないの?」

母が険しい表情で問いただす。

「さすがにそんな間違いはしないだろ。もー、俺と有生は三カ月前からおつき合いを始めている。間違いないよ」

何だか物騒な雰囲気になってきたので、慶次は急いでパンを食べ終えた。牛乳をたっぷり入れたコーヒーを腹に流し込んでいると、父と母がわなわな震えている。

「どうしてなんだ、慶次。お前、ゲイだったのか？　ホモだったのか？　男が好きなんて聞いたことなかったぞ！」

「そうよ、慶次！　確かにこれまで女の子を家に呼んだことはなかったけど、学校ではそれなりに楽しくやってる感じだったじゃない！　分かったわ、有生さんに脅されてるのね。何か弱みを握られているんでしょう。そうでなきゃ、あの人とつき合うわけないもの！」

父と母に交互に責められ、慶次は呆気にとられた。父と母が有生を嫌っていたのは知っているが、ここまで言われるとは思ってもみなかった。慶次が呆然《ぼうぜん》としていると、それまで黙っていた兄が目に涙を溜めて椅子から立ち上がった。

「慶ちゃん、僕のせいなんでしょ」

兄の悲痛な声に、父と母まで涙ぐむ。家族の空気についていけなくて、慶次は口をあんぐり開けた。

「僕が討魔師の試験の際に弐式家に迷惑をかけたから……。あの時、有生さんが助けてくれたけど、何か弱みを握られるとか、代償を求められるとかしたんじゃない」

涙目で肩を摑まれ、慶次は絶句した。

(けっこう鋭いところ、ついてるな!)

内心焦ったのもあって、すぐには言葉が出てこなかった。家族には話せないが、有生と関係を持ったのは、兄が眷属に身体を乗っ取られた事件の時だ。兄の行方を捜す代わりに、身体の関係を求められた。とはいえ、それをそのまま話したらこの場が紛糾《ふんきゅう》するのは目に見えている。

「えっと、あの、皆そんな怖い顔してるけど、そんな恐ろしい関係じゃなくて、ふつうに楽しくやってるし」

どう言えばいいのか分からず、慶次は取ってつけたような笑顔で言った。

「そんなわけないだろ! あの有生さんだぞ!」

「そうよ! あんたは騙《だま》されてるのよ!! 一刻も早く別れなさい!」

父と母に怒鳴られ、慶次は言葉を失った。両親はのんびりした性格だと思っていたが、こんなふうに激高する人だったとは。何でこんなに責められているのか理解できなくて、慶次は固まった。だがよく考えてみれば、これが一般的な反応かもしれない。慶次も有生も男で、世間一般ではマイノリティに属するつき合いだ。両親からすれば、後ろ指をさされる関係になんてなってほしくないに違いない。

『ご主人たま……』

固まっている慶次の横に、すーっと子狸が出てきた。子狸は尻尾をだらりと垂らし、うつろな表情だ。

『ご両親の心を落ち着かせてくださいですぅ……』

子狸に言われ、慶次もハッとして立ち上がった。そうだ、言われっぱなしではいけない。有生を庇《かば》わなければと心を奮い立たせた。

「皆、落ち着いてくれよ。有生、けっこういいところもあるんだぞ。そりゃ悪いところもいっぱいあるけど……。じゃない、えっとー、俺はぜんぜん騙されてないし、脅されてもないぞ。ホントあいつ、可愛いところもあるんだから」

有生のいいところを知ってもらおうと思ったが、具体的ないい話のエピソードが浮かんでこなかった。キモイとかうざいとか言われてムッとしたことや、馬鹿にされて腹が立った話しか出てこない。

「あんた、洗脳されてるのよ!! どうしちゃったのよ! 息子がホモなんて、絶対に親族に知られたくないわ!」

母がわっと泣き出してテーブルに突っ伏す。

「洗脳は言いすぎだろ。そもそも有生も親族だし」

慶次が呆れて言うと、父が眼鏡を指で押し上げ、眉根を寄せた。

「そうだ、この件に関して弐式家は知っているのか? 丞一さんは?」

慶次はこっくりと頷く。

「当主は知ってるよ。有生のことよろしく頼むって言われているし」

当主に任されたと言えば少しは気持ちも軽くなるかと思ったが、逆に両親の不興を買ってしまった。

「信じられない、丞一さんは何を考えているんだ！　抗議しなければっ、やっぱりふつうの仕事をしていないから、世間の常識を分かってないっ」

「ちょっと……」

「もう討魔師の仕事なんかやめろ！　本家に行くことなんてないっ!!」

予想もしなかった言葉で詰《なじ》られ、慶次は目を見開いた。かーっと頭に血が上る。父がこんな暴言を吐く人とは知らなかった。討魔師をやめろとか有生とつき合うなとか、余計なお世話だ。慶次はすっくと立ち上った。

「俺が誰とつき合おうと俺の勝手だろ！　もううるさいよっ！」

これ以上有生の悪口を聞きたくなくて、汚れた皿をシンクに運んで居間を飛び出した。乱暴にドアを閉め、床に膝を抱えて座り、大きなため息をこぼす。

「あーっ、もう！」

髪をぐしゃぐしゃに掻き回し、うっ憤を晴らすように大声を上げる。

『ご主人たま……。伊勢参りで高い波動を浴びてつやつやになったおいらの尻尾が、家族の喧嘩という低い波動を浴びてぼさぼさになってしまいました……』

子狸はしおれた尻尾を持ち上げ、悲しそうな顔をしている。

「何だよなぁ、皆。そこまで言うことないじゃないか」

慶次は思い返すとむかむかしてきて、ベッドにごろりと横になった。討魔師になるのは慶次の小さい頃からの夢だった。父だってそれを知っているはずなのに。

「有生とつき合ってるってだけで、何でこんなに言われなきゃなんないの？」

慶次が起き上がって枕を叩いていると、子狸が神妙な顔つきになる。

『それはご主人たまが家族の扶養に入っているからですぅ。家長は家族を守る義務があると思ってるんです。ちょっと言葉は悪かったですけど、ご主人たまのお父たんはご主人たまを心配しているのです』

子狸に諭《さと》され、慶次は枕を抱えて口を尖らせた。

（扶養かぁ……。要するに俺が一人前じゃないから、父さんにあんなふうに言われるってことか）

子狸の言う通り、慶次は衣食住を家族に頼っている。もちろん毎月何万円か家族に渡しているが、ごはんも用意してもらっているし、洗濯もしてもらっている。こんな状態では、反論する資格はない。

「子狸、こうなるのが分かってたから、独立を勧めたのか？」

慶次が落ち着きを取り戻して聞くと、子狸がこっくりと頷く。

『有生たま、嫌われてますもんね……。おいらたちから見ると、人間よりおいらたち側に近い感じだから、しょうがないかもですぅ』

尻尾をかじかじしながら子狸がぼそっと言う。

「お前から見て、そう思うの？　半妖ってホントなのか？　しょうがないってどういう意味？」

子狸の台詞が引っかかって、慶次は身を乗り出した。

『有生たまの気は、若干狐っぽいですぅ。白狐が憑いているだけじゃなくて、もともとそういう気質だと思いますぅ。ふつうの人間は異質なものを畏《おそ》れますです。だから有生たまがいると、何か怖くなるんだと思いますぅ』

慶次は興味をそそられてふーんと呟いた。半妖というのは冗談ではないのかもしれない。それ以上は子狸も分からないらしく、その話はそこで終わった。

これからどうしようと頭を悩ませ、慶次はベッドから起き上がり、机に向かった。仕事を始めた際に買ったノートパソコンを起ち上げ、ネットに接続する。

（家賃ってどれくらいなんだろう）

一人暮らしの具体的な姿が見えなくて、慶次はネットでアパートやマンションの検索をした。駅前の家賃の相場は思ったより高くない。今もらっている給料なら、十分暮らしていける。

（っていうか、俺、どこに住むんだろう）

独立するにしても、一体どこに住めばいいのか、住みたいのかもはっきりしない。ふつうならば職場の近くに住むものだが、そうすると高知になる。本家は山の中にあって、近くに手頃なアパートやマンションがあるとも思えない。ひとしきり悩んでいたが、自分が住むかもしれない家の間取りや外観を見て回るのは楽しく、すっかり夢中になっていた。

車が去っていく音が聞こえたのは、壁の時計の短針が一時を指した頃だ。

「ん？　誰か出かけたのかな？　あ、もう、お昼じゃん」

ノートパソコンをしまい、部屋から出て階段を下りる。すっかり喧嘩していたのを忘れ、いつものように居間に顔を出した。

「兄貴、何か食うもんある？」

キッチンでは兄が洗い物をしていた。焼きそば食べる？　と言われ、喜んで頷いた。兄の勤める小料理屋は六時から店を開くので、兄は大体四時頃家を出るのだ。

キッチンから香ばしい、いい匂いがしてきて、慶次はお茶を淹《い》れた。あっという間に兄が焼きそばを作り、慶次のためにテーブルに運んできてくれる。どうやら兄は父と母ととっくに昼食を終えていたらしい。

「美味いなぁ、兄貴の飯」

焼きそばを頬張り、慶次は笑顔になった。焼きそばは白菜や豚肉が入っていて最高に美味い。食パンを焼いてくれたので、マーガリンを塗って焼きそばを挟んで食べた。焼きそばパンは何故こんなに美味いのか。

慶次が焼きそばを食べながらほくほくしていると、目の前に座った兄が悲しそうに目を伏せる。その表情を見て今朝は喧嘩をしたのだと思い出した。

「あのさ、兄貴。俺、ホントに脅されてもねーし、無理やりってわけでも……、えーとまぁ、最初は俺もまさか男の恋人ができるとは思わなかったけどさぁ」

兄にだけは分かってもらおうと、慶次は食べながら言葉を紡いだ。半信半疑の眼差しで、兄が慶次を見つめる。

「慶ちゃん、無理しないで。僕、本当は前からおかしいなと思ってたんだ。ほら、有生さんがうちに泊まった時……」

慶次はぎくりとして、咽《のど》を詰まらせた。以前、有生が家に泊まったことがあるのだが、その際いやらしい雰囲気になってしまい、兄に聞かれなかったか心配していたのだ。

「そ、それが……？」

またかまをかけているだけかもしれないと思い、慶次は胸を叩いて詰まった食べ物を胃に落とした。

「二人がその……何かエッチなことでもしてるんじゃないかって。変な声、聞こえたし。でもまさかと思って。慶ちゃんも何でもないって言ってたし」

兄の目が泳いでいる。ばれていないと思ったが、ばれていたらしい。だが、ここで認めてしまっては、大事《おおごと》になってしまう。

「あれはそのー、ちょっとプロレスごっこしてて……。いや、マジでさ。あー、ところで父さんと母さんは？」

ごまかしが下手な慶次はお茶を飲むことで、話をうやむやにしようとした。先ほど車が去っていったのは父と母が買い物にでも出かけたのだろうか？

「二人は本家に行った。有生さんと慶ちゃんを引き離すために」

予想外の言葉が兄の口から飛び出して、慶次は飲んでいたお茶を噴き出した。

「まっ、ま、マジかよ!!」

声を引っくり返らせ、慶次は立ち上がった。まさかあの二人にそんな行動力があったなんて驚きだ。本家に直談判《じかだんぱん》でもしに行ったのか。一体何を言う気だと、恥ずかしくて真っ赤になる。

「うん。もうそれしか方法がないって、悲壮な覚悟で。僕も仕事がなければ行ったんだけど。争いごととか嫌いだけど、大事な弟を有生さんの毒牙《どくが》から守らなければならないし」

兄がぎゅっと手を握り、強い口調で言う。完全に有生は悪役だ。うちの家族は全員思い込みが激しいのだろうかと慶次は目の前が暗くなった。

「こうしてられない。俺も追いかけなきゃ！」

慶次は残りの焼きそばを一気に食べ終え、ごちそう様でしたと手を合わせた。本来なら大祓の儀に合わせて本家に行くはずだったのだが、それよりも両親が何をしでかすのか恐ろしくてしょうがない。

「慶ちゃん、待って。慶ちゃんは家で待っていてよ」

兄は慌ただしく出かける支度を始めた慶次に、困惑している。部屋にまでついてきて、制止しようとする。

「待ってられっかよ！　もう、ホント俺が洗脳されてるとか脅されてるとか、誤解だからぁ！　俺はマジであいつが好きなんだって！」

大声で叫んで、慶次は旅行バッグに着替えを何枚か詰め込んだ。Tシャツにズボン、ジャケットに着替え、財布とスマホをポケットに入れる。

「え、本気で言ってるの……？　相手はあの有生さんだよ……？　ゴジラと恋愛する人がいないでしょ……？」

兄はドアのところで固まっている。うちの家族にとって有生は問答無用で周囲を焼き尽くすゴジラらしい。これだけ言ってても信じてもらえないとは、有生にも問題がある。

「ともかく行ってくる！」

慶次は旅行バッグを担ぎ、兄の制止を無視して家を飛び出した。

運よく駅に向かうバスがやってきて、慶次は飛び乗ることができた。空いている後部座席に座り、バスの中からスマホで有生に連絡を取る。有生はすぐに電話に出たので、慶次は暗い面持ちで口を開いた。

「有生、悪い。つき合ってるのが家族にばれた」

口早で打ち明けると、有生が息を吞む。

『まさかカミングアウトしたの!?』

「そうじゃないけど、昨日の夜、別れ際に、その……、ちゅ、ちゅーしてただろ。それを兄貴に見られてて」

他の客に聞かれないよう、小声で言う。口に出すのが恥ずかしい。何か反応してくれると思ったが、有生は黙り込んでいる。

「そ、それでな、家族全員、俺がお前に騙されてるって誤解してるんだよ。何度説明しても分かってくれなくて。俺の父さんと母さんが本家に直談判しに行っちゃったんだ。ほんとーにごめん」

有生に対する申し訳なさが押し寄せてきて、慶次は見えてないと分かっていても頭を下げた。

長い沈黙の後に、ため息が聞こえてくる。

『あー……、もう来たってわけか。だから嫌だったんだよ。あーやだやだ』

電話口で有生が投げやりな口調になる。

「え、もう来たの？　でも一時間くらい前に家を出たばかりだから、まだ着くはずないけど」

てっきり父と母が本家に到着したのかと思い、慶次は首をひねった。

『そっちの話じゃないよ。とりあえず分かった。面倒だから、どこかに身を隠そうかな……』

「えっ、俺、今、そっち向かってるんだけど！」

慶次が声を張り上げると、近くにいた客にじろりと睨まれる。身を屈めてスマホを手で隠し、小声で会話を続ける。

「今バスだから、あんまり混み入った話はできないんだ。ともかくなるべく早く着くようにするから」

『……来るの？』

かすかに驚いたような声が通話口から聞こえて、慶次は当たり前だろと答えた。自分は、両親が怒鳴り込みに行くのを家で待っているような不義理な男ではない。ちょうど駅に着くところだったので、何か言いたげな有生との会話を一度切り、慶次はバスを降りた。

電車に乗り、最短で着ける行き方はどれかとスマホで検索した。父と母は車で向かっているから、追いつくには飛行機を使うしかない。いつもは値段を気にしてなるべく電車を使う慶次だが、今日は財布の紐を緩めようと決意した。できれば当主に馬鹿な発言をする前に止めたいが、先ほどから父と母のスマホに電話をかけても一向に出てくれない。

「なぁ、子狸。これ、どうなるんだ？　いわゆる修羅場《しゅらば》的な？」

不安になって電車に揺られながら子狸に聞いてみたが、『ご主人たま次第ですぅ。ファイト！』と言われただけだった。

乗り継ぎは驚くほどスムーズに行った。飛行機もいいタイミングで乗ることができたし、本家に一番近い場所で停まるバスの最終にもぎりぎり間に合った。とはいえ、バス停に着いた時にはすでに夕方五時半を過ぎていた。六月下旬なのでまだ日は高いが、もうすぐ日が暮れてしまうだろう。

山道を駆け足で登り、弐式家を目指す。しばらくすると三メートルほどある黒い門が見えてきて、その奥に古い木の柱でできた鳥居が現れる。鳥居の上には烏天狗《からすてんぐ》がいて、慶次が門をくぐると覗き込んできた。

石畳が敷き詰められた道を進んでいくと、右手に駐車場があり、車が数台駐まっているのが見えた。とっさに確認したが、父の車はない。どうやら慶次のほうが早く着いたようだ。車で出かけたからフェリーを使っているのだろう。

慶次は安堵して、母屋に挨拶に行く前に、離れに駆け込んだ。まずは有生と会って、謝らなくてはならない。

離れに行く道は曲がりくねっているのだが、何故か今日はあっという間に辿り着いた。道の脇に緋袴の女性が立っていて、「お待ちしておりました」と会釈する。

「有生っ、着いたぞ」

有生の家はモダンな造りの木造の平屋だ。屋根は緩い勾配になっていて、家の周りを竹垣が囲っている。勝手知ったる家なので、引き戸を開けて中に入ると、有生の姿を探した。有生はリビングで座布団を枕にして寝転がっている。

「……ホントに来たんだ」

慶次が駆け込んで目の前で正座すると、有生がうつろな目で見上げてきた。若草色の作務衣《さむえ》姿だ。

「来たよ！　っつーか、マジごめん。俺の親がお前にひどいこと言うかも。まさかあんなに非難するなんて思ってもみなくてさ。ゲイなのかって言われて、そういや俺たち男同士だったなって思い出したくらいで。なんか俺ちょっと世間一般の感覚ってものに、鈍かったかも」

慶次がまくしたてるように言うと、有生がのっそりと起き上がる。

「俺、全力でお前を守るからさ！　何言われても気にしないでくれよ？」

憂鬱そうな有生に意気込んで言うと、これ見よがしにため息をこぼされる。やはり慶次の両親に何か言われるのは嫌なものなのだろう。暗い面持ちの有生に、慶次は肩を落とした。

「ごめん……、俺が別れ際のちゅーにこだわったばかりに……。丞一さんが俺たちのこと快く受け入れてくれてたから、俺の両親もそんな感じかと思ってた」

有生の父親である丞一は、慶次たちの関係に気づいていたが、反対するどころか有生をよろしく頼むと言って懐《ふところ》の広さを見せていた。だから自分たちが非難されるような関係なんて考えていなかったのだ。

「別に。俺の父親が変なだけで、慶ちゃんとこはフツーでしょ」

膝を抱えて有生が呟く。

「え、そ、そう？　でも……嫌だろ？　俺の親に非難されるの」

元気がない有生を見ていると、慶次も心配になる。昨日までは楽しかったのに、一転して憂鬱な状況になった。

「最悪、君の両親の前では爽やかな好青年を演じればいいんでしょ。そういう技ならあるし」

有生が平然と口にする。有生は仕事を依頼してきた相手には、好青年ふうのオーラに変えることができるのだ。だが慶次はそれが無性に嫌で「そんなの駄目だ！」と怒鳴った。

「何か、それは違う気がする……っ、無理に変えなくていいから！」

慶次が頑なに拒むと、有生は戸惑ったように見返してきた。

「……君の両親が何を言おうと、別に気にならないよ。結婚するわけでもないし、許可なんていらねーし」

再びごろりと有生が横になる。慶次に背中を向けられ、気になって覗き込んだ。有生は腕で顔を覆い、はぁとまたため息を吐いた。

「おい、ため息ばかりだと幸せが逃げるぞ？」

慶次が背中をつんつんと突いて言うと、じろりと睨まれた。

「あーやだやだ。ホント、やだ。伊勢なんて行くんじゃなかった。仕事が早すぎるんだよ、あそこの神様は。少しは幸せな時間を堪能させてくれたっていいのにさ」

有生がふてくされたような声を出し、慶次はムッとして口を尖らせた。

「伊勢は楽しかっただろ。そりゃ、俺の親にばれたのは悪かったけど……、旅行まで悪く言うのは違うだろ」

楽しかった旅行を悪く言われるのは悲しくて、慶次は有生の背中を大きく揺さぶる。すると苛立ったように有生が振り返り、慶次の腕を握る。

「慶ちゃんこそ、分かってない。これって試練でしょ！」

ぎゅっと二の腕を摑まれ、慶次はびっくりして仰け反った。有生の真剣な目つきに、伊勢神宮での一幕を思い出した。

「し、試練って、あの時神様が言った⁉ あ、そうだったの？ そういやお前がもう来たのかって言ってたの、そういう意味？ えー、これが試練かぁ!!」

目からうろこが落ちて、慶次は感慨に耽《ふけ》った。望みを叶える代わりに、試練を乗り越えよと言っていた。これがまさに――試練。

「そうだよ、真性Mの慶ちゃんが悦《よろこ》んで待っていた試練だよ。だから俺は嫌だったんだ。こんなことなら願い事なんて言うんじゃなかった。基本的に言わない俺が言ったりしたから、こんな目に遭《あ》う」

有生は座布団を抱えてうんざりしている。

「だから俺はマゾじゃないって。俺、試練っていうからもっと、グラウンド百周とかそういうのを想像していたよ」

慶次がつい笑い出すと、有生が恨みがましい目つきで見てくる。慶次の望みは悪霊や妖魔を視る目を持つことだ。今回のことがそれにどう繋がるのかよく分からないが、試練だとしたら乗り越えなければならない。というか、今まで有生に対して申し訳ないと思っていたが、これが神様の与えた試練だというなら申し訳なく思う必要はない。

「じゃあなおさら、がんばろうぜ！　大丈夫、有生、俺がついてるぜぃ！」

明るく言い切ると、気味悪い目つきで有生に見られた。有生を励まそうとしたが、背後に緋袴の狐がやってきて、「母屋に慶次様のご両親が見えております」と告げる。

「やばい、どうしよう！　とりあえず俺たちも行こうぜ！」

慶次が立ち上がって玄関に向かうと、有生が座布団で頭を隠してしまう。逃げている場合ではないと有生のもとに戻り、腕を引っ張った。

「有生、お前ってこういう時逃げるの悪い癖だぞ！　そのせいで由奈さんの件が長引いたんだからなっ」

慶次がぐいぐい腕を引いて叱ると、さすがの有生も思うところがあったのか、仕方なさそうに立ち上がる。しかしその表情は冴えない。行きたくないと駄々をこねる有生を励ましつつ、慶次は離れを出た。

「何か人が多いと思ったら、明日夏至か！」

母屋に向かう途中、屋敷の庭や駐車場に人がまばらに立っているのが目についた。知っている親戚の顔も多く、母屋の玄関の前では柚に会った。

「あ、柚。久しぶり」

柚はスーツ姿で髪も切りそろえさっぱりした姿だ。久しぶりに会ったが元気そうだった。

「慶次。元気そうだな。そっちの狐も」

柚はちらりと腕を引っ張られている有生を見上げ、不思議そうな表情になる。有生は柚を無視してそっぽを向いている。

「何か、二人、雰囲気変わった？」

柚に思わせぶりな目で見られ、慶次はよく分からなくて有生を振り返った。前と同じだと思うが、有生には思い当たる節があったらしく、柚にひやりとする視線を投げる。

「おーこわ。俺、夏至の試験受けに来たんだ。といっても今年は落ちるの分かってるから、参加するだけなんだけど。耀司様に会いたかったしね」

柚は慶次に笑いかけ、恐ろしい発言をしている。落ちるのが分かっているのに、何故受けるのか疑問だ。試験は三回しか受けられないのに。

「有生は今年も立会人なんだよな」

慶次が思い出して言うと、有生が面倒そうに頷く。そんな大変な時だったのに、余計な修羅場まで増やしてしまい悪いことをした。

「柚、母屋に泊まるのか？　せっかく会えたし話したいから俺も母屋に泊まろうかな」

慶次がそう口にしたとたん、有生が長い腕を肩にかけてくる。

「慶ちゃん、その足りない頭で考えようね？　俺たち、これから何をするんだっけ？」

「ひゃっ、そ、そうでした！」

有生に耳元で嫌味っぽく言われ、自分の置かれていた状況を思い出した。このポジティブすぎる脳を少し改善しなければならない。柚と話したいのは山々だが、今は目の前の修羅場を乗り越えなければ。

「耀司様の部屋に泊めてもらえなければ、狐のいる離れに世話になろうかな。その時はよろしくね」

柚は艶っぽい笑みを浮かべ、ひらひらと手を振る。柚は耀司とつき合っている。その関係がどんなものかよく知らないが、上手くいっているようだ。

母屋の玄関を開け、有生と奥に進んだ。母屋にも見覚えのある親戚や、見知らぬ人が目につく。長い廊下を歩いていると、瑞人が高校生くらいの男の子と並んでいるのが見えた。髪を金髪に染めた学生服の子だ。こんな親戚いただろうか？

「慶ちゃん、どしたのー？　今日は家族で来てるじゃない」

瑞人が慶次を見つけて手を振ってくる。慶次は言葉を濁しつつ、瑞人の横にいる男の子を見つめた。

「えっと、誰？」

慶次が聞いている横で、有生が面倒そうにため息をこぼす。本当に今日はため息が多すぎる。

有生は慶次を押しのけて瑞人の隣にいる男の子の前に立った。

「瑞人。何でこんなの家に入れてんの？」

有生に冷たい声で聞かれ、瑞人がくねくね身体を揺らす。その横で、学生服の男の子が顔を顰《しか》めて腹の辺りを押さえる。

「やーん、有生兄ちゃん怒らないでぇー。学校の先輩なのー。とってもいい人ー」

学生服の男の子を庇うように瑞人が手を合わせる。瑞人は中高一貫の学校に通っているらしく、連れてきた子は高校二年生だという。慶次が困惑していると、有生が、がりがりと頭を掻く。

「井伊《いい》家の奴だろ？　よく中に入れたな。まだ子どもだからか」

有生に見据えられ、学生服の男の子が苦しそうに笑う。慶次は仰天《ぎょうてん》して、口をあんぐり開けた。井伊家といえばこれまでもさんざん苦しめられた一族だ。つい最近も瑞人は入院する羽目になった。何でその井伊家の一員がここにいるのだ。

「お前、アホかっ。この忙しい時に何で井伊家の奴を家に招いてるんだよ！　入院したの、忘れたのか!?」

たまりかねて慶次が怒鳴ると、瑞人が頬に手を当てて、愛想笑いをする。

「やーん、やーん。攻撃しないでぇー。先輩はいい人なんだからぁ。学校で僕のこと助けてくれたし、井伊家の中にもいい人はいるでしょっ」

「失せろ。目障《めざわ》りだ」

瑞人の話を無視して、有生は顎《あご》をしゃくる。学生服の男の子は苦しそうに腹を押さえ、ふてぶてしく笑った。

「家は関係ないですよ。俺は瑞人と仲良くやりたいだけだから」

学生服の男の子は有生から精神攻撃を受けているらしい。有生には他人の弱みを視る力があり、それを攻撃する能力がある。慶次がハラハラして見守っていると、有生は瑞人の額にデコピンした。

「暗くなってきたし、こいつを送ってやれ。すぐ実行しないと、後でひどいよ」

抑揚《よくよう》のない声で指示され、瑞人が震え上がって学生服の男の子の背中を押す。空気の読めない瑞人も今は有生の言う通りにしたほうがいいと思ったのだろう。それにしても井伊家の人間と仲良くなるなんて、瑞人は何を考えているのか。明らかに狙われているとしか思えないのだが。

「大丈夫かな……。井伊家の奴ら、探りに来たのかな？」

慶次が去っていく二人を不安げに見送っていると、有生がうんざりしたように慶次の肩を抱く。

「夏至の試験でいろんな人が来てるから、それに便乗したんだろ。まだ子どもだったし、見逃されたのかもね。次見かけたら、本気で追い払うけど」

「カオスだな……」

母屋に人がたくさんいるのもいつもと違い、気忙しさを感じる。廊下で突っ立っていると由奈が奥の部屋から出てくるのが見えて、ハッとして近づいた。

「由奈さん、当主はどこに？」

「あら、慶次君。ご両親がお見えになって奥の間でお話してますよ」

由奈は着物姿で、当主の嫁として仕事がたくさんあるらしく、それだけ言って慌ただしく廊下を去っていった。奥の間にいると知り、慶次は有生の腕を引いて進んだ。ここまで来てやっと覚悟を決めたのか、有生もすんなり歩いてくれる。

「入ります！　慶次と有生です！」

奥の間に着き、慶次は派手な音を立てて障子を開けた。とたんにテーブルを間に挟んで話していた当主と父と母が振り返る。父と母は、慶次の背後にいる有生に気づき「ひぃっ」と声を上げ、身体を震わせた。

「ああ、ちょうどよかった。お前たちのことで山科さんたちが来ていてね。一通り話を聞き終えたところだよ」

和服姿の当主は相変わらず穏やかな顔つきで座っている。対する父と母は部屋に入ってきた有生を畏れるように、部屋の奥に逃げていく。

「山科さん、男同士かもしれないが、好き合っている者同士なんだから受け入れてはどうかな？」

当主に話しかけられ、父が意を決したように膝を進める。

「そんなはずない！　この悪魔に――いや丞一さんの息子にこんな言い方は申し訳ないが……、うちの息子は有生さんに脅されたに決まってます！　そもそも私は有生さんの相棒になると言われた時から心配していたんだっ、あの時は長男を救ってもらった後だったし、感謝していたから反対しなかったけど、慶次は頭が弱い……いや、純粋なところがあるから丸め込まれるんじゃないかと！」

有生にも慶次にも失礼なことを父は大声で叫ぶ。

「だから脅されてもねーし、頭弱くもねーし！」

ここは自分が、がんばらねばと慶次は負けじと声を張り上げた。父も母もぜんぜん信じてくれない。後ろにいる有生は無表情で正座している。てっきり父と母を威嚇《いかく》するか、精神攻撃をすると思っていたので驚きだ。一応気を遣ってくれているのだろうか？

「っていうか、よく聞けよ！　つき合ってくださいって俺のほうから言ったし!!」

さすがにこう言えば納得してくれると思い、恥ずかしかったが口にした。とたんに父と母が、がくがくと震え、「嘘だ、そんな馬鹿な」と泣き始めてしまった。まさか泣くとは思わず気持ちが萎《な》えてしまう。

「お前は洗脳されているんだよ！　仮に、万が一、本当の本当に好き合っていたとしても、俺たちは絶対に認めないからな！」

すすり泣く母の肩を抱きしめ、父が怒鳴りつけてくる。慶次は絶句した。親にここまで言われるとは思わなかった。まさに修羅場だ。これまで父と母から何かを絶対反対されたことなどない。そこまで嫌なのか。

「あー、少し落ち着こうか、山科さん」

当主が笑みを絶やさずに、割って入ってくる。当主の穏やかな声で父と母も我に返ったのか、口をつぐんでくれる。母はハンカチで涙を拭き、「慶次」とかすれた声を上げた。

「私たち、申し訳ないけど有生さんは生理的に無理なの。あんたが本当に好きだろうと、絶対に認められないわ」

母の声は静かだった分、慶次の両肩に重く伸し掛かった。どうして分かってくれないんだろうと歯がゆくて、拳を握る。胸が苦しくて、無性に叫びたい気分に駆られる。有生が傷ついていないか心配だ。

「まぁまぁ二人とも。言い分は分かりましたよ。確かに親からすれば男同士というのは、世間の目を気にしてしまうものかもしれない。とはいえ、二人は成人しているし、子どもの恋愛観をどうこうする権利は親にはない」

当主にきっぱり言われ、父と母が息を吞む。当主が物分かりのいい人で良かったと慶次が思ったのも束の間、次には思いがけない言葉が耳に飛び込んできた。

「だが親として心配になる気持ちも見過ごせない。だから、どうだろう。――慶次君と有生の仕事上のコンビは解消するということで」

慶次の背後で有生が息を詰めるのが分かった。慶次もどきりとして、表情を硬くした。

有生とコンビ解消――。

「本当ですか？」

気落ちしていた父と母が救いを求めるように当主を見つめる。当主は口元の笑みを絶やさずに、慶次たちを見回した。

「山科さんたちは四六時中彼らが一緒にいるのが気になるのだろう。――そういうことで、いいね？　二人とも」

当主に見据えられ、慶次はしょんぼりして頷いた。ちらりと有生を見ると、伏せた眼差しで小さく頷く。喧嘩両成敗というわけではないが、当主はどちらの言い分も聞き届ける形で、どちらにも痛みを与えた。父と母は納得して、手を取り合って喜んでいる。今さらながら夏至前の忙しい時期だったと気づき、当主に詫びを言い始めたほどだ。背後から気配が消えたと思ったら、いつの間にか有生がいなくなっていた。慶次は有生が気になりつつも、父と母の傍にいた。父と母は、当主からもう遅いし泊まっていけばと勧められたが、迷惑なので帰ると言っている。

「追いかけてくるなんて思わなかったぞ。お前……本当に、有生さんを好きなのか？」

「……」

奥の間を出て、母屋の廊下を歩きながら、父と母に再度聞かれる。

慶次は胸の辺りがもやもやして父と母に話しかけられても答えられなかった。何だかどんどん暗い気持ちになって、気分が下がってきたのだ。このままでは父と母に嫌な言葉を吐いてしまいそうだと思い、玄関で靴を履く二人の前で立ち止まった。靴を履かずに廊下に突っ立っている慶次を、母が訝《いぶか》しげに振り返る。

「帰るわよ、慶次」

母は当然のように慶次も帰ると思っている。

「俺、帰らない」

慶次は低い声で呟いた。

「何言ってんだ。夏至の試験は関係ないだろ」

父が焦れたように言う。

「月末には大祓があるから、ここにいなきゃならない。帰るとしても俺は一人で帰るから」

慶次は声に不満を出さないように気遣って言った。父と母にとって慶次はまだまだ手のかかる子どもなのだと痛感した。仕事を始めて大人になった気分でいても、親から見れば独立していない扶養家族だ。このままではいけないと焦りを感じた。

「勝手にしなさい」

父と母はムッとした表情で玄関の引き戸を閉めた。二人の姿が見えなくなると、有生のことが気になって母屋の中を探し回った。偶然奥の間から出てきた当主と会ったので、深々と頭を下げる。

「当主、すみません！　忙しいのに、俺の両親が……」

頭を下げていたら泣きたい気分になって、自分自身驚いた。有生と二度と会うなと言われたわけでもないし、討魔師を辞めなければならないと言われたわけでもない。だけど、ショックだった。父と母が有生を絶対に受け入れる気がないこと。有生と相棒を解消させられたこと——。初心者丸出しで訳も分からずこの仕事を始めた時から有生と一緒だったから、この先もずっと一緒だと思い込んでいた。いつも文句を言っていたし、有生からもひどい言葉をたくさんもらっていたのに、いざ解消と言われたら、心に穴が空いたみたいだ。

「相棒解消は視野を広げる機会になるかもしれないよ。私は君のほうは心配していない。問題は有生のほうだな。あいつは君のことが本当に大事みたいだから、慰めてやってくれないか」

当主に肩を叩かれ、慶次はうるうるとして見つめた。うちの両親もこんな視野が広い人間だったらと思わずにはいられない。

「内心驚いていたんだ。以前の有生なら、あんなふうに山科さんに言われたら、よりいっそう怯えさせる攻撃を仕掛けていたはずだからね。君の力はすごいな。父親である私にはできなかったことが、君にはできるんだから」

当主が含み笑いをして耳打ちする。慶次もそれに関しては驚いている。あの有生があれだけ言われても黙っていた。

「あいつをよろしく頼むね」

そう言って当主が手を上げて去っていく。慶次は大きな声で「はいっ」と答えて廊下を進んだ。

有生は離れに戻ってしまったのだろうか。玄関に靴がまだあったので、どこかにいるはずだが。

広い母屋の中を有生を探して歩いていると、使用人を束ねる木下《きのした》という初老の女性とすれ違った。

木下曰《いわ》く、有生なら二階の耀司の部屋に入るのを見たということだ。

「耀司さん、すみません。有生、いますか?」

二階に上がり、耀司の部屋のドアを叩くと、すぐにドアが開き、不機嫌そうな柚が顔を見せた。

「慶次、さっきから狐がうざい。連れていってくれ。俺は耀司様と二人きりになりたいのに」

カリカリした口調で言われ、覗き込むと、有生が耀司の部屋のベッドを占領していた。手を腹の辺りで組み、むっつりした顔で目を閉じている。床には耀司がいて、苦笑している。

「話は聞いたよ。こいつがこんなに落ち込んでいるのを初めて見た」

耀司は作務衣姿でくつろいでいる。その隣に柚が寄り添い、ベッドにいる有生を睨みつける。

「こいつ早く連れていってくれよ。っていうかバディ解消だって? ざまーみろって感じだな。俺なんか遠距離恋愛を余儀《よぎ》なくされてるんだぞ。お前らも少しは苦しめ。狐はこれに懲りたら、人とのつき合い方を考えろよな。結局、ふだんの行いがモノを言うんだ」

柚は悪《あ》し様に有生を罵《ののし》る。

「タスマニアデビルはうるさいね。きーきーわめいて、発情期かよ。兄さんが止めなきゃ、とっくに精神攻撃で再起不能にしてやるのに」

有生が目を閉じたまま、嘲《あざけ》り出す。この二人は本当に仲が悪い。

「有生、ほら。俺の親ならもう帰ったから」

慶次はベッドの前へ行き、寝転がっている有生の腕を引っ張った。ぱちりと有生の目が開き、じっと見つめられる。

「慶ちゃんがおんぶしてくれなきゃ、出ていかない。もう今夜はここに泊まる。タスマニアデビルと兄さんが楽しくやってるの許せないから」

心の狭い発言を有生がしている。これ以上耀司に迷惑をかけられなくて、慶次は有生の腕を摑んで背中に引っ張った。まさか本当におんぶするとは思っていなかったのか、有生が戸惑って腕を伸ばす。

「俺の筋力を舐めるなよ！」

有生のほうが体重はずっと重いが、毎日トレーニングしている慶次には不可能ではない。有生を背負ってよろよろとドアに近づくと、嬉々《きき》として柚がドアを開いた。

「お騒がせしました」

二人に礼を言って、部屋から出る。有生の身体は重く、長い手足は邪魔でしょうがない。

「慶ちゃん」

「うぐ……？」

有生の唇が耳朶にかかり、啄《ついば》むようにキスされる。くすぐったくて思わず手を離すと、有生が慶次の背中から飛び下りた。

「ホントにやるとは思わなかった」

有生が笑いながら階段を下りていく。急いでその後を追い、一緒に母屋を出た。

「ごめんな、有生。こんなことになって」

離れへ向かう道の途中、慶次は申し訳なくて眉を下げた。有生は頭をがりがり掻いて、ふーっと息を吐き出す。

「……慶ちゃんは家族を大事にしてるだろ」

ぽつりと有生が呟く。

「うん」

先ほどは少し頭にきたが、やはり家族は大事だ。今まで育ててもらった恩もあるし、悪いところもあるがいい面もたくさんある。どうして分かってくれないんだろうと悲しくなったが、それでも嫌いにはなれないのが家族だ。

「だからこういう事態になったら、俺は捨てられるんじゃないかと思った」

少し先を歩きながら、有生が言う。慶次はびっくりして思わず有生の手を摑んでいた。有生がそんなふうに思っていたなんて知らなかった。家族は大事だが、有生だって大事だ。捨てるなんて、考えたこともない。

「そんなことしねーって！　もう、やめろよな。何か悲しくなってくるだろ」

父と母に有生を悪く言われた時の、胸を締めつけられるような気持ちがぶり返してきて慶次は目を潤ませた。有生が振り返り、慶次の顔を見て口元を弛《ゆる》める。

「慶ちゃんのその顔。ちょっと萌える。いや……すごく萌える」

慶次の顔に手を伸ばし、有生が屈み込んでキスをしてくる。こっちは真面目に言っているのに、萌えるとか不真面目だと頰を膨らませると、ぎゅっと抱きしめられて深く唇を重ねられた。離れに行く道は茂みが生い茂っていて人目につきにくく、すでにとっぷり日が暮れて薄暗い。慶次は狐が気を利《き》かせて誰も近づけないでくれるだろうと期待して有生の背中に手を回した。

「慶ちゃんと仕事の間、離れるの……寂しい」

何度か慶次の唇を吸うと、有生が小声で言った。胸がきゅんとして、つい抱きしめる手に力を込めてしまった。

「俺だって、お前以外と仕事するの不安だよ。でも、当主が譲歩《じょうほ》してくれたおかげで俺、ここにいられるし。今朝は父さん、討魔師なんか辞めろって言い出したくらいでさ。俺……討魔師辞める気もないし、お前と別れる気もないから」

決意を込めて言うと、有生が複雑な表情になって慶次を見つめてきた。笑っているとも泣いているともとれる変な表情だ。

「何だよ、もしかしてうざいとか、キモイとかいう気じゃねーだろーな？」

慶次が勘《かん》ぐって言うと、有生が虚《きょ》を衝《つ》かれたように笑い出した。

「いや……」

有生は何か言いかけて口を閉じ、慶次の手を握って歩き出した。

「今すぐやりたいって言おうと思った」

「はぁ!?」

大事な話をしているのにセックスなのかと怒ろうかと思ったが、握られた手の熱さに慶次は怒りを吹き飛ばした。有生の顔がほんのり赤くて、足早に歩く速度で自分を求めているのが分かったからだ。有生の手から熱が伝わったみたいに、慶次の体温も上がっていく。先ほどまで悲しかった気持ちが癒されて、有生の背中を見つめながら胸を焦《こ》がした。

（これが恋愛かー）

変なことに感心しながら、慶次は黙って有生についていった。


家の中に入ると、有生は慶次を風呂場に引っ張っていった。照れくさかったが、今は慶次も有生の熱を感じたくて、一緒にシャワーを浴びた。シャワーを浴びている最中も有生がずっとくっついてきて、泡立てたソープで慶次の身体を撫で洗いしてくる。

「有生……ここでしないよな？」

ぬるついた指で尻の穴を弄り始める有生が気になり、慶次は温かい飛沫に濡れながら尋ねた。

有生の指が尻の穴をほぐすような動きをしている。

「んー……。ここで一回入れたい、けど……」

慶次の首筋に顔を埋めながら有生が言う。

「お前、何回やる気だよ。明日夏至の試験だろ？　立会人っていったって、やること多いだろ」

慶次が身を引いて言うと、有生が追いかけてきて乳首を摘む。指先でくりくりと摘まれ、ひくんと身を竦めた。

「そんなの余裕。あーでも、ゴムがないから部屋に行かないと」

慶次の身体を抱き込むようにして、有生が耳朶を食《は》む。ゴムと言われてラブホテルで恥ずかしい思いをした記憶が蘇《よみがえ》った。

「や、その、ゴム……しなくていいから」

気持ちよすぎてお漏らししてしまったことは二度と思い出したくない。慶次がもごもご言うと、有生が指を奥まで入れて、耳元で笑う。

「何で？　前はしろって言ってたじゃない。また潮噴いてくれるかもしれないから、ゴムしたいな」

意地悪く言いながら有生が耳の穴に舌を差し込んでくる。ぶるっと腰を震わせ、慶次はくすぐったくて有生の身体を押し返した。

「だから嫌なんじゃねーか！　もう……、入れる前に出させる！」

赤くなって慶次は有生の性器を握った。すでに半勃ちしている性器を両手で摑み、扱《しご》き上げる。慶次の手の中で有生の性器がぐんぐん大きくなり、硬くなる。

「慶ちゃんの手、気持ちいい」

正面からべったりくっついて、有生が尻を揉む。大きな手で揉みしだかれ、左右の人差し指で尻の穴を広げられる。有生の性器を握りながら、慶次は時々身体の奥が気持ちよくなって足を震わせた。握っている性器が入ってくるところを想像してしまい、身体の芯が疼《うず》く。

「はぁ……ふぅ……、うぅ……」

有生の性器を扱いて射精させようとしたが、それよりもお尻を弄られているほうが気持ちよくなって、つい手を止めてひくひくと腰を震わせてしまう。もはや有生の性器を握っているだけになり、いつの間にか壁のタイルに背中を預けていた。

「お湯……もったいない……」

上気した頰で、慶次はずっと湯が出っぱなしのシャワーを見つめた。

「慶ちゃん、口開けて」

有生が顔を近づけてきて、開いた口に舌を差し込む。互いの舌が絡み合って、唇が重なる。有生は飽きずに繰り返し慶次の唇を食んだり吸ったりした。舌がぶつかり合うと、腰に熱が溜まる。キスは気持ちよくて、気づいたら有生の性器から手を離し、首にしがみついていた。

「キス、好き？」

ねっとりと慶次の唇を舐め、有生が囁く。

「う、うん……好き……」

ぼうっとした目で小さく頷き、慶次は有生の唇を吸い返した。尻の奥に入れた指が内壁をかき混ぜるようにする。ぴったりくっついたせいで、慶次の尖った乳首が有生の肌と擦れ合う。そんな刺激にも感じてしまい、慶次は目をとろんとさせた。

「慶ちゃん、可愛いね。もう入れたいでしょ？」

尻から指を引き抜き、有生が慶次の目元を擦る。目尻から生理的な涙が滲《にじ》んでいたようで、慶次は胸を震わせた。全身が熱くなって、無意識のうちに有生の指をぱくりと口に銜えていた。かじかじと有生の指を甘噛みすると、有生が目を細める。

「そういうエロいこと、どこで覚えてくるの？」

口の中に入っている有生の指が舌を擦ってくる。息を詰まらせて、慶次は口を開けた。有生が指と舌を口内に入れてくる。

「やっぱりここで入れさせて」

慶次の身体を反転させて有生が上擦った声で言う。壁のタイルに顔を押しつけられ、腰を引き寄せられた。尻の穴に有生の性器の先端が当たる。

「立ってやるの、やだ、って……、あうぅ……」

慶次の言い分は、強引に性器の先端を押し込められて遮られた。有生は荒く息を吐き、ゆっくりと硬いモノを慶次の中に入れてくる。慶次は太ももを震わせて、壁のタイルに肘をつけた。狭い尻の穴が有生の形に広げられる感覚が、たまらない。

「はぁ……、うー。慶ちゃんの中、すごくいい。締めつけてくる」

深い部分まで性器を入れ、有生が背中から慶次を抱きしめてくる。互いの身体は濡れていて、発汗している。慶次は息を喘がせ、肩越しに有生を振り返った。

「立ってるの、つらい……」

上気した顔で訴えると、有生がシャワーの湯を止め、ゆっくりと膝を折った。それにつられるように慶次も膝を落とす。床に手をつき、前のめりになると、有生の性器が半分くらい抜けた。その感覚にぞくりときて、膝をつく。

「ひあ、あ……っ、あ……っ」

慶次の腰を引き寄せ、有生が腰を律動させてくる。慶次の身体の中で、有生の性器がさらに大きくなる。

「ん、ああ、あ……っ、おっきくな、った、ひゃ……っ、ん……っ」

有生は性器を入れる角度を変え、慶次の声が甲高くなる場所を探り当てる。すぐに弱い部分を知られてしまい、容赦なくそこばかり突かれる。

「駄目、駄目……っ、そこ、や、あ、あ……っ」

同じ場所を優しく攻められ、気持ちよくなってきて、耳がぴょんと出てきた。有生は前に手を回し、慶次の性器を搦《から》め捕《と》る。

「慶ちゃん、こんなにぬるぬるにしてたの？　お尻気持ちいいね……、感じてる声、すごくそそられる」

慶次の腰や背中を撫でて、有生が熱っぽい息をこぼす。慶次は徐々に床に顔が近づいてきて、体勢を保つのが困難になった。身体の奥を突かれるたび、全身から力が抜けていく。ずっと気持ちよくて、奥を揺さぶられると甲高い声がひっきりなしに漏れる。

「やっ、あ、あ……っ、ゆうせ、ぇ……っ、あっ、ひっ、やぁ……っ」

シャワーの湯を止めたので、有生が内部を穿つ音がはっきり聞こえる。自分の甘ったるい声も。止めたいと思うが、繋がっている感覚が全身に浸透して止められない。

「はぁ……、は……っ、慶ちゃん、好き……」

有生が荒々しい息遣いで言いながら、慶次の両方の二の腕を摑んでくる。

「やぁ……っ、あっ、何で……っ」

床に半ば蹲《うずくま》っていた慶次は無理やり上体を反らされて、引き攣れた声を上げた。有生は慶次の腕を摑んだまま、ぶるぶると腰を律動させる。肉を打つ音が響き、有生の性器が濡れた音を立てて内部を抉《えぐ》ってくる。不安定な格好は余計に感度を高め、慶次は嬌声《きょうせい》を上げた。

「あっ、あっ、あっ、も、イく……っ」

奥まで入れた性器をぐりぐりと動かされ、慶次は息を詰めて内部を締めつけた。慶次の性器から白濁した液体が噴き出す。ほぼ同時に内部で有生の性器が膨れ上がり、体内で射精したのが分かった。

「ひ……っ、は……っ、は……っ」

慶次は性器の先端からとろとろと精液を垂らし、痙攣《けいれん》するように身体を跳ね上げた。

「うー……っ、気持ちよかった……、はぁ……っ」

有生が数度腰を振って、残滓《ざんし》を注ぎ込む。慶次はひくりと腰を震わせ、その場にへなへなと崩れた。有生の性器がずるりと抜かれ、だらしない格好で床にへたり込む。

「ごめん。外に出そうと思ってたのに、理性飛んで中に出しちゃった」

有生が慶次を抱き上げて、熱い身体を重ねてくる。有生の頭からも耳が出ている。慶次が涙目で見つめると、目元を舐められる。

「慶ちゃん、気持ちいいとすぐ泣いちゃうよね。そういうギャップがたまらない」

顔中にキスを降らせて、有生がシャワーの湯を慶次の身体に浴びせてくる。有生の手が胸や脇を触るたび、またびくっと身体が跳ね上がる。

慶次の尻にシャワーを当て、有生が中に出した精液を掻き出す。内部を弄られているうちにまた性器が勃起してきて、感じやすい身体に眩暈《めまい》がした。

有生は互いの身体を清めると、風呂を出て、バスタオルで慶次を包んだまま寝室に抱えていった。寝室にはすでに布団が敷かれていて、軽く髪を乾かされた後、再び有生が伸し掛かってきた。有生は身体のあちこちにキスをして、慶次に甘い声を上げさせる。

「ん……っ、ぅ、う……っ」

有生に乳首を強く吸われて、慶次はシーツを乱した。有生は痕をつけるように、首筋や二の腕を痛いくらいに吸い上げる。

「有生、馬鹿、痕が残るだろ……、ぁ……っ、あ……っ」

慶次が嫌がっても、肩口に口を寄せて歯を立てる。

「わざと痕をつけてるんだよ。慶ちゃんが俺のものだって証拠に」

耳朶を食まれながら言われ、そうだったのかと慶次は呆れた。誰に対しての主張か知らないが、有生は独占欲が強い。慶次を狙う人なんて誰もいないのに。

「うう……っ、は……っ、俺、お腹空いた……、あっ、駄目、それ……っ」

乳首を歯で銜えて引っ張られ、慶次はひくんと腰を揺らした。夕食の時間になっても有生は慶次の身体を愛撫していて、一向にやめてくれない。

「もう一回出したら、ね……。今はこっちのほうが大事」

有生はそう言って、布団の傍に置いてあった箱から、コンドームを取り出して勃起した性器に装着した。

「つ、つけるの……？」

慶次が怯えて聞くと、有生が慶次の両足を折り曲げてくる。

「つけないと、慶ちゃんの中気持ちよくて、すぐイっちゃいそうだから」

嫌がって腰を引く慶次の腰を引き寄せ、ローションで濡らした先端を押しつけてくる。先ほどさんざん内部を掻き回されたので、勃起した性器は難なく入ってきた。ゴムの感触に慶次は呻《うめ》き声を上げ、シーツを掻き乱した。有生が腰を進めると、深い奥まで入ってくる。

「ま、またお漏らししたら、どうすんだよ……」

慶次が顔を腕で覆い隠して言うと、有生が屈み込んできて腕を解く。

「俺が可愛いって興奮するだけでしょ。別にいいよ、汚しても」

繋がった状態で有生がキスをしてきて、慶次はうぅーとふさがれた口で文句を言った。慶次が嫌がっているのが分かっていない。

「あー、慶ちゃんの中、最高……。ずっと入れっぱなしにしときたい」

正常位で繋がりながら、有生が熱い吐息をこぼす。そのまま動かずに、慶次の乳首や脇腹を刺激する。慶次はお腹の中で主張している有生の性器が怖くて、時折ぶるりと腰を蠢かせた。有生は動いていないのに、乳首を弄られると勝手に内部が収縮してしまう。そのたびに奥の深い部分がじわっと熱くなり、かすれ声が漏れる。

「奥がひくついてる。俺の形、すっかり覚えてるよね……」

慶次の背中に手を回し、有生が汗ばんだ顔で囁く。すごく卑猥《ひわい》な発言をされた気がして、慶次は頬を赤らめた。有生は慶次の身体を持ち上げ、上半身を起こす。

「ひ、や……っ、あ、あ……っ」

対面座位で繋がる形に変わり、慶次は思わず有生にしがみついた。有生の性器が深い部分まで入ってきて、怖い反面、脳が痺れるほど感じてしまう。

「ここも……最初よりいやらしい乳首になった」

慶次の乳首に吸いつき、有生が舌先で突く。両方の乳首を舌と指で弄られ、慶次は甘い声を上げた。身体の奥がじんじんと熱くなり、女性みたいな甲高い声が絶え間なくあふれる。

「誰のせいだよ……っ、ん……っ、ひぁ……っ」

乳首をぎゅっと摘まれ、涙が滲んでしまう。指先で弾かれ、舌でねっとりと舐められ、気持ちよくて呼吸が苦しい。それなのに有生は動いてくれず、我慢できない慶次が腰をもじもじと揺らした。

「何で動かないの……？」

耐えかねて慶次が聞くと、尻を揉みしだかれて、音を立ててキスされた。

「長く中にいたいから……。そのほうが慶ちゃんの感度も上がるし」

慶次の身体を愛撫しながら有生が口元を弛める。もしかして本当にまた潮とやらを噴かせようとしているのだろうかと慶次は焦った。

「感じすぎるの、怖いんだって……」

慶次は有生の首に腕を絡め、たどたどしく腰を動かした。カリの部分が奥のいい場所を突くと、またその場所を擦りたくなって、腰が止まらなくなる。

「んっ、んっ、んっ、……はぁ、あぁ……っ」

慶次が腰を小刻みに揺すると、有生が気持ちよさそうに息を吐き出す。有生の大きな手が背中を撫で、結合部分をぐるりと辿る。身体に力が入らなくなって、ぺたんと膝をつくと、有生が腹の辺りを押してきた。

「この辺まで入ってる……俺の、分かる？」

ぐっと腹側から押されて、慶次は声を引き攣らせた。有生は腹を押しながら、慶次の腰を揺さぶる。両側から感じる場所を刺激されて、慶次は声も出せずに大きく震えた。

「やだ、それ、駄目……っ、や、ぁ……っ」

慶次が乱れた声を出すと、煽られたように有生が下から腰を突き上げてくる。有生の性器が大きくなり、深い場所まで穿たれる。あまり深いところまで来てほしくなくて、慶次は腰を浮かすようにした。すると有生が腰を捕まえて、卑猥な音を立てて突き上げてくる。

「やっ、あっ、あー……っ、待って、駄目、そこ……っ」

急に激しく突き上げ始めた有生の動きを止めようと、慶次は後ろに仰け反った。有生は慶次の身体をシーツに押しつけ、両足を持ち上げて、ずぼずぼと性器を出し入れしてくる。

「ひっ、あっ、やぁああ……っ!!」

両足を押さえつけられて、逃げられない格好で身体の奥を熱の棒で掻き回された。奥をごりっと強く擦られ、気づいたら性器から精液を吐き出していた。腰から下が弛緩《しかん》して、気持ちよさに声も出せずにびくびくと痙攣する。射精しているのが分かっているはずなのに、有生は律動を止めない。

「やだ、やぁ、や……っ、有生、ま、って、あー……っ、あー……っ」

達している傍から新しい快楽に襲われ、慶次はあられもない声を響かせた。乳首はぴんと尖り、身体中、どこを触られても感じてしまった。

「はぁ、慶ちゃん、すごいい……っ、奥がびくびくしてる」

有生はうっとりした表情で内壁を性器でこじ開けてくる。射精している最中も有生を締めつけていて、いつもなら有生も達しているはずだった。けれど避妊具を使っているせいか、一瞬耐えるように動きを止めた後、すぐにまた内部を穿ってくる。

「やぁ、もう奥、突かないで……っ、こ、怖い……っ、あっあっあっ」

慶次が泣きながらシーツを乱しても、有生は角度を変えて性器を入れてくる。有生は慶次の声が特に乱れる場所を見つけると、激しく突き上げてきた。とたんに、脳がくらりとくるくらいの深い絶頂に見舞われた。

「ひ、あああ、ああ……っ!!」

精液は出ていないのに、全身が絶頂を迎えたような快楽を覚えていた。内壁を突かれるたびに、それが絶え間なく続く。ずっとイっているみたいに、甲高い声が口からこぼれた。気持ちよくて涙が出て、身体中が熱くなって、痙攣している。

その先はよく覚えていない。あまりの快楽に意識が飛び、与えられる快楽に溺《おぼ》れ、慶次は有生の重みを受け止めていた。

結局朝まで身体を貪られ、疲れて眠るといういつものパターンで朝を迎えた。

布団に横たわっている慶次の身体には、有生の長い腕が絡んでいる。あくびをして寝ぼけ眼《まなこ》で有生を見つめた。有生はまだ夢の中で、静かな寝息が聞こえてくる。

（こいつ、性格は悪いけど、顔はいいよな……）

改めて有生の顔を見ていると、いい男だなと見惚れた。慶次は自分の幼い顔にコンプレックスがあるので、こういう大人っぽい顔立ちに憧れる。

（それにしても昨日は……もう俺、やだな。感じすぎて、エッチすんの怖くなってきた）

昨夜の醜《しゅう》態《たい》を思い返し、慶次は眉間にしわを寄せた。長く奥を突かれ続けて、失神してしまったのだ。前も気持ちよかったけれど、恋人同士になってからのセックスは少し怖いくらい感じてしまう。身体に気持ちが追いついたせいか、毎回意識が飛ぶくらい感度が上がっている。

（こいつ、俺が嫌だって言うと余計に煽られる節があるよな）

すやすや寝ている有生に腹が立ち、頬をつねってみた。すると、耐えかねたように有生が口元を弛め、薄く目を開ける。

「起きてんじゃねーか」

悪戯しなくてよかったと思いつつ、慶次は手を引っ込めた。

「キスでもしてくれんのかと思ったのに」

有生が目を開けて、慶次の身体を抱き込んでくる。うなじを引き寄せられ、深く唇にかぶりつかれ、慶次は「んん」とくぐもった声を上げた。

「こら、起きるぞ有生。今日は夏至の試験だろ」

あらぬ場所を探られ、慶次は急いで有生の手を振り払った。すでにお昼時になっている。布団からもぞもぞと起き出すと、緋袴の狐が、タオルを差し出してきた。有生があくびをして、仰向けに横たわる。

「父さんに、慶ちゃんの相棒は年取った顔の悪い奴にしてくれって言っておかなきゃ」

シャワーを浴びに行こうとする慶次に、有生が低い声で呟く。

「何だよそれ。お前、浮気の心配でもしてんのか？」

おかしくて慶次がからかうと、真面目な顔で有生が頷く。

「慶ちゃんは快楽に弱いからね。間違いがない相手にしてもらわないと」

「誰がだよ！」

冗談で言ったのに本気で答えられて、慶次は目を吊り上げて怒鳴った。相手にしてられないと、急いで浴室に向かう。昨日は最初の一度以外は避妊具を使っていたので、延々と尻から精液が垂れてくるという辱《はずかし》めは受けずにすんだ。けれどやはり避妊具を使うと有生が達するのが遅くて、相手をするのが大変になる。昨日はどうやらお漏らししなかったようだが、あと一歩でやばい感じの時があった。

頭からシャワーを浴び、手早く身体を洗うと、慶次は狐が用意してくれた服に着替えた。慶次と入れ違いに、ようやく起きた有生が浴室に行く。

昼食は緋袴の女性が和食膳を用意してくれていた。

ふと、こんなふうに子狸も食事の用意ができないものかと思いついた。

『ご主人たま……、この方たちは白狐様の親衛隊なんです。格が高いんです。半人前のおいらに料理はできません！』

腹からぽんと子狸が出てきて、きっぱりと否定される。

「やっぱ駄目か……。料理、覚えるしかないかな。料理本、買ってくるとか。その前に一人暮らしのノウハウについて書いてる本を買わなきゃ」

眷属に手伝ってもらうのはいい考えだと思ったが、そう甘くはないようだ。大体有生のとこがおかしい。

「ところで子狸。尻尾、ふさふさに戻ったじゃないか」

目の前にいる子狸は、家族の喧嘩でぼさぼさになった尻尾が、ふさっとしている。子狸は尻尾を揺らし、スキップする。

『ご主人たまと有生たまの愛の波動を浴び、ふさふさになりましたですぅ』

子狸はえっへんと胸を張る。場の空気によって毛質が変わるらしい。

テーブルにつくと、緋袴の女性が湯気を立てた味噌汁を運んでくる。昼食は白米に豆腐、じゃがいもの煮物に鯵《あじ》のたたき、酢のものが並んでいる。美味しくいただきながら、子狸と独立について話していると、有生が濡れた髪をタオルで拭きながらやってくる。

「何の話？」

向かいのテーブルについた有生が、目を光らせる。

「いや、昨日のこともあるけど、俺も二十歳だし、一人暮らししようかって」

豆腐を箸で崩しつつ、慶次が言う。すると有生が身を乗り出し、目を輝かせた。

「いいね！　同棲しようよ、慶ちゃん！」

「お前、人の話を聞いているか？　一人暮らしの話だって言ってるだろ。同棲じゃない」

浮かれた様子の有生に辟易《へきえき》して言うと、有生は緋袴の女性から味噌汁を受け取り、一口すると美味そうに嚥下《えんげ》する。

「同棲でいいじゃない。赤坂《あかさか》のマンションなら家賃はいらないよ」

機嫌よく言われ、家賃無料に少しふらっときたが、慶次は厳しい顔つきで首を振った。

「あのな、昨日の状態で俺の親が同棲なんて許すわけないだろ。一人暮らしさせてくれるかも分かんないのに。まぁ、俺も働いているし、子狸も勧めてるから一人暮らしは強引にでもするつもりだけど。このまま家にずっといたんじゃ、永遠に有生とのこと認めてくれないだろうし」

箸を動かしながら慶次が言うと、がっかりしたようなそぶりで有生が肩を落としたが、思い直したように微笑んだ。

「分かった、同棲は置いといて、一人暮らしは俺も賛成。慶ちゃんち、ちょっと遠いからもう少し近いとこに住んでほしい。この近くにすればいいじゃない」

「高知はまったく土地勘がないんだよな。本家に来るまでの道しか知らないし。でも候補に入れとくよ」

有生はマンションを買って、東京に仕事で出向く時はこれまで一人で過ごしていたそうだ。一人暮らしのあれこれについて聞き、光熱費のことや電化製品をそろえなきゃいけないという話を聞いた。引っ越し代もかかるし、かなりお金がかかりそうだ。けれどどこかウキウキした気持ちになってきた。一人暮らしをしたら、少しは大人になれた気がするのではないか。

食事をすませてから、有生と一緒に母屋に向かった。有生は立会人をするので、スーツに着替えている。慶次はシャツにズボンというラフな格好だ。母屋の駐車場は車が満杯で、屋敷の中には試験を受けに来た十数人の男女がいた。十八歳以上で一族の血を引いていたら誰でも試験を受

けられる。若者が多いが、中には中年男性や初老の女性もいた。試験を受けられるのは三回まで
で、いつ受けようが構わないのだ。

「二年前は俺もあそこにいたんだよなぁ……」

廊下の隅から広間に集まっている面子《メンツ》を眺め、懐かしく当時を思い返した。どの顔も緊張気味
だ。知っている親戚の顔も多かったが、知らない顔もけっこういる。

「慶ちゃんが受かるなんて、あの時は正直思わなかったけどね」

横にいる有生がさらりとひどい発言をする。

「タフなことにかけては、慶ちゃんの右に出る者はいないよ。あと根性ね。俺はゾッとするけど」

「お前、どの口で言ってるんだ？」

ムカついて有生の口を手で覆おうとすると、おかしそうに笑いながら有生が慶次の手を避ける。

二人でやいやいやっていると、背後から笑い声が聞こえてきた。

「相変わらず、仲良しだね。あんたたちは」

振り返ると山科律子《りつこ》が立っていた。慶次の父の姉で髪を金髪に染め、ふくよかな体系に合うワ
ンピースを着ている。

「律子伯母さん！　もしかして律子伯母さんも立会人なの？」

慶次は久しぶりに会えた律子に抱きつき、笑顔で尋ねた。律子は慶次にとって信頼できる討魔
師の先輩だ。有生の師匠でもある。

「いや。立会人じゃないけど、夏至の日はベテラン勢は呼び出されるのさ。あれ、あんたたち……」

律子はじろじろと慶次と有生を眺め、嬉しそうに頬に手を当てた。

「丸く収まったみたいじゃないか」

律子には何か分かるのか、慶次と有生を目を細めて見つめる。慶次はぽっと頬を赤らめたが、すぐに両親のことを思い返して、律子の手を取った。

「律子伯母さん、今度うちの親に言い聞かせてくれない？　父さんと母さん、有生を毛嫌いしちゃって、昨日は本家にまで来て、俺たちのバディを解消させたんだから。律子伯母さんがもう一日早く来てくれたらなぁ。父さんと母さんに一言言ってもらったのに」

悔しそうに慶次が言うと、事情を知り、律子がおかしそうに有生の背中を叩く。

「有生、あんたよかったじゃない。これであんたも、他人を拒絶するばかりじゃ回らないって身をもって知ることになるね！　いやー愉快、愉快」

背中を叩かれ、有生が苛立ったように身を引く。

「律子さん、他人事だと思って楽しまないで。俺、マジで昨日はへこんだんだから」

律子は数少ない、有生のことが平気な人なので、二人はふつうに話している。慶次はニコニコして二人を見守った。有生が他人から恐れられずに会話しているだけで嬉しいなんて、変な話だ。

「一応、二人にはフォローしとくよ。がんばれ、若者よ」

律子は当主と話があると言って、手を振って廊下を去っていく。

「そうだ、慶ちゃんの相棒、律子さんにしてって父さんに頼もうかな」

有生はぽんと手を叩き、律子の背中を追っていく。慶次は柚を探すために、二階へ足を向けた。

「慶ちゃん」

階段を上がっている途中で瑞人と会い、すっかり忘れていたが昨日は井伊家の人間を家に招いていたのだと思い出した。

「瑞人、お前、昨日のあれは何なんだ？　入院する羽目になったの、忘れたのか？」

改めてどういうつもりなのか詰問《きつもん》すると、瑞人は反省している様子もなく、慶次に抱きついてくる。

「やーん、慶ちゃん。先輩、ホントにいい人だからぁ。井伊家の人間にだっていい人はいるよっ。一族全部が悪い奴なわけないでしょ。会ったばかりで何も知らないのにぃ。先輩、まだ十七歳だし、マジで優しいんだからぁ」

口を尖らせた瑞人に言われ、慶次はそれもその通りだと思った。彼のことは何も知らない。井伊家だからとつい身構えてしまったが、知りもしないのに悪人と決めつけるのは早いかもしれない。

「それはまぁ……。でも仲違いしている家の奴を呼ぶのはどうなんだよ？　当主に許可はもらってるのか？」

「パパは忙しいからぁ。ママはいいよって」

瑞人はそう言ってウインクすると軽やかな足取りで玄関に向かう。再婚したばかりの由奈に許可をもらっても意味ない気がするが……。

二階に上がり、耀司の部屋をノックすると、誰もいないようで返事はなかった。柚はもう広間に行っているのだろうか。夏至の試験は夜から始めるのが通例だ。現在時刻は二時で、まだ部屋にいるものとばかり思っていたが。

「今年は四時から試験、始めるらしいわよ」

階下から使用人同士が話している声がして、慶次は耳を欹てた。急いで階下に向かうと、ベテランの討魔師たちがぞろぞろと離れにあるお堂に集まるのが見える。その中には有生も律子もいて、慶次に気づくと手を振ってきた。立会人は三人のはずだが、今日は大勢の討魔師が集まっている。如月《きさらぎ》や和典《かずのり》、耀司ももちろんいる。討魔師がお堂の中に入っていくのを見送ると、背後から背中を叩かれた。

「慶次、お主《ぬし》もよかったらお堂に行くか？　末席ならば同席を許してもよいが」

にこにこして話しかけてきたのは巫女様だった。緋袴を穿いて、年齢を感じさせないきりりとしたたいで立ちだ。

「えっ、マジで!?　同席したいです！」

慶次が前のめりになって言うと、巫女様が笑ってついてこいと歩き出した。廊下を進み、離れに向かう渡り廊下を通る。離れにはお堂が建っていて、中は板敷きの大きな広間になっている。奥には祭壇があり、慶次は見たことはないが魔鏡と呼ばれる鏡が祀られているそうだ。巫女様の後ろにくっついて中に入ると、紫色の座布団が円形に並べられていて、ベテラン討魔師たちがそれぞれ正座して向かい合って座っていた。全部で十六人。一番若いのが有生で、一番年をとっているのが巫女様だ。

「その辺に座って見物しておるとよい」

巫女様に促され、慶次はお堂の隅に正座した。ふっと腹から子狸が出てきて、慶次の横に一緒になって正座する。

『ふわぁー、壮観ですねぇー。挨拶に行きたいけど、おいらなんかじゃ足蹴にされちゃうかなぁ』

子狸は円形に並んだ討魔師を眺め、もじもじしている。どういう意味だろうと思い彼らに目を向けていると、彼らの傍にそれぞれの眷属が憑いているのが視えてきた。とたんに鳥肌が立って、場の空気が清められていくのが分かる。神気があふれ出す。慶次は脳がすっきりして、何故か感動して彼らを見つめた。

「今年も夏至の試験が始まる」

祭壇に背中を向けた形で巫女様が座布団に正座して、討魔師たちを見回して切り出す。

「よき討魔師が選ばれるよう、皆の力を借りたい。裏山を聖域にし、眷属の許可を出せる者にだけ光を授《さず》けてほしい」

巫女様が力強くそう言うと、右から順番に討魔師たちが「了承した」と答えていく。全員が答えると、巫女様が大きく頷き、「全員の言質《げんち》がとれたので、試験前の浄化を行う」と告げた。巫女様が目を閉じ、他の討魔師も目を閉じる。

『ひょわわー』

子狸がびっくりしたように後ろに仰け反る。慶次も驚いて目を見開いた。全員の眷属が白い光となってお堂から飛び出していったのだ。有生の眷属である白狐が駆け出し、律子の眷属である八咫烏《やたがらす》が羽を広げ、耀司の眷属である狼が走り出す。他の討魔師たちのそれぞれの眷属も裏山に向かって飛び立っていった。

慶次は知らなかったが、夏至の試験にはさまざまな準備がされていたのだ。慶次の夏至の試験の時は真っ暗な山の中を移動して大変だったが、実はこうして万が一にも危険な目に遭わないよう、眷属たちが力を貸してくれていたのだ。

『おいらもいつか一人前になったら、あんなふうにやるのでしょうか……。ううう。ドキドキするぅ。おいらにできるかな……』

子狸はいつか来る未来について思いを馳せている。慶次が一人前になって、ベテランと呼ばれるようになるにはかなり時間がかかりそうだが、そうなるといいなと子狸と一緒に夢を描いた。

討魔師たちは三十分ほど深い瞑想《めいそう》に入った。彼らの集中力はすごくて、誰一人ピクリとも動かない。やがて騒がしい気配を感じたと思ったら、次々と眷属たちがお堂に戻ってきた。眷属はそれぞれの討魔師の中に戻り、静寂が満ちる。

「皆の者、ご苦労であった。では、立会人の和典、耀司、有生。三人は広間へ。残りの者はくつろいでくれたまえ」

巫女様に名前を呼ばれた三人は、立ち上がりそろってお堂を出ていく。有生は慶次がお堂にいたのを知らなかったらしく、隅っこで正座している慶次に目を丸くしていた。お堂の扉が閉まり、討魔師たちが足を崩して雑談を始める。

「慶次君」

お堂の隅っこでこの場の空気を楽しんでいた慶次は、当主が近づいてきて慌てて立ち上がった。当主の後ろには作務衣姿の如月真がいる。如月は節分祭で福の神役をした三十代前半のベテラン討魔師で、長い黒髪を一つに縛っている男だ。開いているか閉じているかよく分からない目をしていて、いつも口元に笑みを浮かべているが、有生とはまた別の意味でうさんくさそうな人物だ。にやにやしているというか、隙を見せると落とし穴に落とされそうな怖さを感じる。分家の出で、能力はかなり高く、眷属は龍だった。

「はい、お邪魔しててすみません！」

ぺーぺーがこんなところにいるので、叱られるのではないかと焦ったが、見当違いだった。当主が如月の背中を押す。

「君の相棒だが、如月君にしようと思う。ちょうど如月君の相棒が高齢で引退したところでね。

節分祭で会ったよね？」

当主に紹介され、慶次はドキドキして深く頭を下げた。

「山科慶次です！　よろしくお願いします！」

まさかこんなにすぐに相棒が決まるとは思わなくて、慶次は緊張のあまり身体を固くした。

「よろしくー。節分祭の時はすごかったねー。あの有生の相手だろ？　相当打たれ強いんじゃないの？」

如月がにぃっと笑って慶次を眺める。慶次はどう答えていいか分からず、引き攣った笑みになった。

「まぁ、打たれ強さには自信があります……」

「そりゃいいや。はぁはぁ。これが子狸ちゃん。ちゃんと成長してるじゃないの」

如月に目を細めて視られ、子狸がぴしっと背筋を伸ばす。

『よろしくお願いしますですぅ！』

成長していると言われ、子狸も嬉しそうだ。慶次もつい微笑んだ。

「相棒組むことになったし、とりあえず子狸じゃいろいろ大変だから、まずは修行して子狸を一人前にしようと思うんだけど、どうかな？」

顎を撫でながら如月に言われ、慶次は驚きのあまり両腕を大きく振り上げた。

「えっ、マジで!?　そ、そんな簡単に一人前になるんですか!?　そりゃ俺には願ってもないことですけど……っ」

子狸が一人前の狸の眷属になるのは慶次の願いでもある。だが突然そんな方向転換をするとは思っていなくて、動揺した。子狸も仰天して慶次にしがみついている。

「いや、ぜんぜん簡単じゃないけど、仕事する際に半人前じゃ困るでしょ。一人前は無理でも、今よりずっと強くすることはできると思う。とりあえず明日からそういう方向でいってみよう」

如月は淡々とした口調でそう言って敬礼する。ちょっと癖のある人らしい。

「よ、よろしくお願いします！」

子狸と一緒になって腰を九十度に折り曲げ、胸を高鳴らせた。何だか異様に速く事態が動く気がする。これまで有生は子狸を一人前にしろなんて一度も言わなかった。だからこのままゆっくり成長していけばいいのかと思い込んでいた。修行で何とかなるなら、慶次はぜひとも挑戦してみたい。

「がんばろうな！　子狸！　修行なら任せろ！　絶対に弱音は吐かないぜっ」

厳しい訓練を想像して燃える慶次は、二人が立ち去った後、目を輝かせて子狸と手を組んだ。子狸も闘志を燃やし、ガッツポーズをしている。この場に有生がいたら「キモ」と眉を顰められそうだが、慶次たちには明るい未来しか見えていなかった。

『始まったみたいですぅ』

四時になり、子狸がそわそわしたように慶次に耳打ちする。夏至の試験が始まり、試験を受けに来た者たちが裏山に入っていくのが視えたようだ。

「子狸、ちょっと見てきてくれよ」

どうなっているのか気になり、慶次は子狸を裏山に向かわせた。一時間ほどで子狸が戻ってきて、興奮した様子で夏至の試験を説明してくれる。

今年の試験は、裏山の頂上に置かれた白旗をとるというものだったらしく、早い者勝ちと勘違いした受講者で、人を蹴落とそうとしたり、邪魔をしたりした者は眷属の手によって眠らされ、討魔師にそぐわない者は幻術にかかり、眷属のお眼鏡に適《かな》った者だけが頂上に置かれた白旗を手に入れた。試験は三時間かかったが、受かった者は一人だけだ。今年は特に少なかったようだ。

食事の時間を挟み、九時頃、お堂の中に入ってきたのは、二十代の青年で、名前を弐式勝利《かつとし》といった。慶次は会ったことはなかったが、丞一の弟の次男らしい。巫女様が眷属を授ける儀式を行い、八咫烏の眷属をつけた。同じ眷属であるというのもあって、勝利の面倒は律子が見ることになった。

「討魔師の心得を言い渡す。一つ、常に心を清め、人のために尽くすこと。一つ、健康的な生活を送り、眷属と共に向上すること。一つ、眷属を敬《うやま》い、決して他人に真名を明かさないこと……」

勝利の頭の上で榊《さかき》を振り、巫女様が朗々と討魔師の心得を告げる。慶次の時は儀式の途中で兄が暴走し、最後まできちんと受けられなかった。巫女様はそれもあって慶次に同席を許したのかもしれない。討魔師の心得を深く心に刻み、手を合わせた。

「お疲れ」

儀式を終えて席を立った人たちの中から有生が近づいてきた。有生はたいして疲れてもいない様子なのに「あー疲れた。慶ちゃんの癒しが必要」と長い腕を肩にかけてくる。

「ところで有生。俺の相棒、如月さんになった」

慶次が報告すると、有生が「えっ!?」と大声を上げ、顔を強張らせる。そのまままくるりと背を向けて、当主と如月のもとへ駆けていく。有生は何事か二人に申し立てていたようだが、当主と如月に笑われて背中を叩かれてばかりだ。すごすごと戻ってくる有生の顔は浮かない。

「何しに行ったんだよ？　俺は文句なんてないぞ？」

戻ってきた有生とお堂を出ながら、気になって尋ねる。

「如月さんじゃ、つけ入る隙がないから別の人にしてくれってごねたけど、笑われて終わりだった……。ついでに俺の相棒は、大人組が皆断るから若手になった……」

有生は憂鬱そうな表情で呟く。有生の相棒は、ここ数年で討魔師になった若手を順番に組ませてみて、相性のよさそうな相手を固定にするそうだ。節分祭で顔を合わせた花咲美嘉《はなさきみか》、弐式煉《れん》、弐式智《さとし》、櫻木嬰子《さくらぎえいこ》、弐式竜一《りゅういち》の五人がその面子らしい。ほとんどの者が有生を敬遠しているので、憂鬱なのは彼らのほうだろう。大丈夫だろうかとひそかに心配になった。

「有生、あんまり皆を虐《いじ》めるなよ？　お前が態度悪いとまた変な噂が広がるんだからな。若手には優しく接して、サポートしてやれよ？」

くどいほど有生に言うと、ひどく不機嫌な顔になり、「それ、フリ？　いたぶれってこと？」と、とんでもない方向の意見を出してくる。

この先どうなるか分からないが、これが試練なら、無事に乗り越えられますようにと、慶次は強く祈った。

■4　子狸が成長すれば慶次《けいじ》も成長するよね

夏至の翌日には、如月《きさらぎ》が離れにやってきて、今から修行に出かけようと言った。

「スマホは禁止ね。荷物は少なめで」

如月は小さめのリュック一つしか持っていなくて、どこへ行くとも、何をするとも言わずに、さぁ行こうと急き立てる。トレーニングウェアを着ている如月は家に上がる気はないようで、玄関の前で仁王立ちしている。慶次《けいじ》は父にこれから如月と修行に出るとスマホで連絡を入れ、出かける支度をした。

「スマホ禁止って、俺は慶ちゃんとどうやって連絡とれっての!?」

トレーニングウェアに着替えていると、朝食の途中だった有生《ゆうせい》が焦《あせ》ったように玄関先に出てきて、如月に文句を言った。

「連絡とる必要ないだろ。大丈夫。俺が責任を持って慶次君の面倒は見るから」

如月はにゃーっと笑って顎《あご》を撫でる。

「じゃ、俺も行く。俺も修行する」

玄関先に荷物を抱えて出てきた慶次は、駄々《だだ》をこねる有生を呆《あき》れて見た。慶次以上に呆れたのは如月で、目を丸くして耳に手を当てる。

「空耳か？　修行めんどいっていつも言ってるお前が。不思議だなぁ。慶次君といると、お前が年相応に見えてくる」

からからと笑って如月が有生の背中を家のほうに押す。

「第一お前、仕事入ってるんだろ？　冗談言ってないで、仕事に励め」

如月に真面目な顔で耳打ちされ、有生が不満そうにこちらをじっとり見つめてくる。慶次は有生に「行ってくる」と手を振り、如月の後ろについた。これから修行が始まる。修行を終えた時に、一段階成長しているといいのだが。

『ご主人たま、がんばりましょー!!』

子狸もやる気に燃えている。

「あ、そうだ。伊勢神宮《いせじんぐう》で弟さんに会いましたよ。神主さんやられてるんですね。何で討魔師《とうまし》にならなかったのかなぁって」

慶次は来栖《くるす》のことを思い出して、如月に話を振った。こうしてみると、あまり似ていない。

「ああ、あいつは討魔師の仕事に向いてないからね。優しすぎるっていうかな。依頼主に肩入れしすぎちゃうからねー。あ、そういう意味では君も気をつけて。似たタイプな気がする」

如月にまじまじと見つめられ、慶次は意外な気がして足を止めた。来栖と自分は似ているのだろうか？　少し話しただけなのでよく分からない。

「そういや、あいつと有生は珍しく友人関係を築けているんだよな。こういうタイプが好きなんだろうか？　なぁなぁ、すごく興味があるんだが、どうして有生は君にだけ心を開いたのかな？」

歩いている途中で如月に聞かれ、慶次は頭を掻いた。

「俺が怯《おび》えないからじゃないですか？」

他の人は有生といると目を逸《そ》らして、なるべく関わらないようにする。そのせいで慶次だけ目に入ったのではないだろうか。

「あいつ気に入らない奴に精神攻撃するだろ？　君はそういうのされなかったの？」

「えっとー、特に感じたことないですねぇ」

実はやっているつもりでやっていなかったと以前有生は明かした。くわしく話すのは恥ずかしいので、愛想笑いでごまかした。

「そうなんだ？　されてないとしても、あいつの怖そうな気は前から感じてたろ？　それでもどうして怯えなかったんだ？」

興味深げに問われ、慶次はうーんと唸《うな》った。

「まぁ別に気になるほどじゃないし……。負けず嫌いだからかな？　それに小さい頃から知っているし」

如月と共に駐車場に着くと、一台の車が待っていた。運転席には中川《なかがわ》が座っている。如月に促され、後部座席に乗り、シートベルトを締めた。

「出発します」

中川が静かに車を発進させる。石畳の道をゆっくり走らせ、屋敷から出ると、速度を上げて公道を走る。

「慶次君、報告書はできればデータで送ってもらえますか？　事務作業が面倒なので。メールに添付してくれればいいですから」

車内で中川に言われ、パソコン作業が苦手な慶次は努力すると答えた。報告書を封書で送りつけるのは、高齢の討魔師くらいだそうだ。

「近くに修行に打ってつけの山があるから、しばらくそこにこもるよ」

如月が教えてくれる。山にこもるということは、肉体的な修行が主かもしれない。中川が車で山のふもとまで送ってくれるそうだ。

「俺と子狸が半人前の原因なんですけど、俺十歳の時に妖魔をおびき出す囮《おとり》役をやって……」

慶次は先に言っておくべきと思い、如月にその時の状況を話した。妖魔が恐ろしくて、今後はもう怖いものは視《み》ないと自己暗示をかけてしまったこと、現在も妖魔や悪霊といった悪いものは黒いもやもやにしか視えないこと。左目が悪くて、コンタクトを外すと妖魔や悪霊の核が見えること――。慶次の話を如月はふんふんと頷《うなず》きながら聞いてくれた。

「なるほど。それが自分の成長と子狸ちゃんの成長を妨《さまた》げているのかもしれないって思ってるのか。どれ」

如月が左手を慶次の頭の上にぽんと置いた。すると同時に龍の大きな身体が慶次の横を通るのが分かった。でかい。車体よりもでかい龍の腹が、身体に巻きつく感覚がある。

『ひょわわわー。でかっ、龍、でかっ』

子狸はあまりの大きさに目を剥《む》いて飛び上がっている。間近に来ると龍の眷属《けんぞく》は恐ろしいほど大きかった。子狸の五十倍、いや百倍はありそうだ。如月曰《いわ》く、龍の眷属は力がある分、細かい繊細な仕事には向いていないらしい。

「ふーん。本当だ、心にブロックがある。なかなか頑丈そうな造りだ。よっぽど怖かったんだね」

如月は手を外して、明るく笑う。笑い事ではないのだが。子どもだったので心に深く刻み込まれてしまったのだろうと如月はつけ足した。

「そのブロック、外すことってできないんですか？」

慶次がダメもとで尋《たず》ねると、如月はあっさりと「できるけど」と答える。

「えっ!?　できるんですか！　ぜひやって下さい！」

思わず腰を浮かして慶次は大声で言った。必死に視ようと思っても、相変わらず慶次には悪霊は視えない。何もかも視えるようになれば、きっと子狸は一人前になり、慶次の力も飛躍的に上がるはずだ。そう思って身を乗り出すと、首をゆらゆらさせて如月に笑われる。

「ハハハ。修行をこなせたらね」

「じゃあ絶対にやり遂《と》げます!!」

意気込んで慶次が拳《こぶし》を握ると、如月は冗談で言っていたらしく、少し困った表情になった。

「今、口が滑っちゃった。別に視えなきゃ視えないで、悪霊関係じゃない仕事だけをやるって手もあるよ？　強引にこじ開けたら、後で反動が来るんじゃない？」

如月は気が進まないようで、慶次を覗《のぞ》き込んで言う。そう言われて少し考え込んだが、仕事の大半は悪霊や妖魔を封じるものだ。討魔師としてどんな仕事もこなせるようになりたい慶次は、如月に頭を下げた。

「それでもやってほしいです！　お願いします！」

慶次が真摯《しんし》な態度で頼むと、如月は唸り声を上げて、分かったと頷いてくれた。

「ちゃんと修行がこなせたら、やってあげるよ」

仕方なさそうに如月に言われ、慶次は胸が高鳴った。伊勢の神様にお願いしたことが、もうすぐ叶いそうだ。試練を乗り越えたらと神様は言っていたから、きっと修行を全力でこなせば試練を乗り越えたことになるのだろう。

心のブロックが外せる日が待ち遠しく、慶次は車の中でひたすら盛り上がっていた。

車で三十分ほど行った先に、山に入る道があり、そこで車は止まった。送ってくれた中川に礼を言い、如月と勾配のある細い道を登り始めた。この山は本家が所有する山らしく、しばらく行くとアスファルトの道が終わり、立ち入り禁止の縄が張られている。その先は舗装されていない山道だ。

「じゃあ頂上付近まで行くけど、眷属と一体化ってしたことある？」

ストレッチを始めた如月に聞かれ、慶次は首を横に振った。そういえば節分祭で嬰子《えいこ》が眷属の兎と一体化して走っていた。後輩ながら、嬰子のほうが慶次より上手く眷属を扱えている。

「じゃ、瞑想《めいそう》して、眷属の真名《まな》を口にして頼んでみて」

如月に顎をしゃくられ、慶次はやり方が分からないながらも、目を閉じて深い呼吸を繰り返した。

「待針《まちばり》、一体化したいんだけど」

穏やかな心で子狸の真名を呼ぶと、腹からポーンと出てきた子狸が『イエッサー！』と敬礼する。敬礼は如月の影響だろうか？　子狸が宙に浮かんで、いつもはお腹から入るのに、頭上からすぽんと身体の中に入ってきた。

「わ……」

慶次は驚いて目を開けて、両方の手のひらを開いたり閉じたりした。身体が異様に軽い。今すぐにでも走り出したい気分になっている。

「じゃ、それで頂上まで行こうか」

如月がそう言うなり、走り出した。勾配のある道なのに、まるで平坦な道を走るが如《ごと》く、あっという間に遠ざかっていく。慌てて追いかけた慶次は、自分の背中に羽が生えたみたいに速く走れることに驚愕した。

「すっげー、何これ！」

慶次は目をきらきらさせてダッシュで山道を登った。すぐに如月に追いつき、斜面を駆け上がる。如月は息も乱さず、軽々と山道を走っている。これだけ速く走れるなら、マラソン選手になれると興奮しながら、慶次はその背中についていった。

眷属と一体化するだけで、こんなに身体能力が上がるものなのか。そういえば夏至の試験の際、有生も人間とは思えないほど身軽に行動していた。こんな能力があったなんて、知らなかった。

ふつうなら何時間もかかりそうな山道だが、慶次たちはものの三十分で頂上に立っていた。登り切っても物足りなく、まだまだ山の中を駆け回りたくなる。これは子狸の影響だろうか。

「ちょっと飛ばしすぎてるな。そこが山小屋。俺たちがしばらく生活する拠点だよ」

如月はうずうずしている慶次に苦笑し、頂上に建っている山小屋に誘った。プレハブでできた簡素な小屋で、ドアを開けると板敷きの一部屋とトイレがあるだけの造りだ。壁際に荷物を置き、如月は慶次の肩を叩いた。

「じゃ、眷属と離れてみて」

如月に促され、慶次は子狸に離れるよう指示した。子狸が頭から抜け出る。とたんに——慶次は、がくりと膝が崩れ、床にへたり込んだ。

「へ、……な、何、これ？」

急に力が入らなくなって、足をがくがくさせて床に尻をつく。さっきまで軽かった身体がひどく重く感じられた。足はぶるぶるするし、汗が噴き出してくるし、全身が疲れている。

「はは。眷属が離れると、疲れが戻ってくるだろ。ふだん出せない力を無理やり引き出してもらっただけだから、身体には当然疲労が残ってるからね」

如月はタオルで汗を拭いて言う。慶次もどっと出てきた汗をタオルでごしごし拭いて、ふーっと息を吐いた。しばらくすると、動けるようになって、入念にストレッチする。

「君、もともと鍛《きた》えてたんだね。こんなにすぐ動けるようになるのはすごいよ。竜一《りゅういち》なんか同じことやらせたら、その日一日使いものにならなかったのに」

如月は竜一が討魔師になりたての頃、面倒を見たらしい。生意気そうな顔を思い返し、有生の格好の餌食《えじき》になりそうだと同情した。

慶次が動けるようになると、如月は外に出て、山道を歩きながら食べられる野草の種類を教え始めた。修行の間は、食べ物は自分で探さなければならないようだ。竈《かまど》はあるので、そこで米を炊き、山菜だけを食す仙人のような暮らしをするらしい。小屋には米や味噌、塩や砂糖などは備蓄してあって、くたびれているが布団も二組置かれている。最低限の生活は営《いとな》めそうで、慶次が想像していたより修行は楽しそうだった。もともと滝行《たきぎょう》を好んでやっていた慶次だ。体力を使う修行ならどんとこい、だ。

食べられる植物の形を記憶しながら、慶次は山の中を歩き回った。

如月と共に山小屋で暮らす生活が始まった。山小屋で寝るのも初めてだったし、竈でごはんを炊くのも初めてだったので、最初は失敗続きで如月に迷惑をかけた。だが三日もすると、竈でごはんをふっくら炊けるようになり、山菜も一人で採《と》ってこられるようになった。

初日から三日目までは、眷属と一体化する修行を主にしていた。

子狸と一つになると、自分なのに自分ではない不思議な感覚に包まれた。遠くのほうまで見渡せるし、木に登りたくなるし、落ち着いて穏やかな気持ちになる。如月は龍と一体化すると、空を飛べるという。

「えっ、空飛べるんですか!?」

眠りにつく前にそれを聞かされ、つい起き上がって聞いてしまった。

「正確に言うと飛べるわけじゃなくて、飛んでる眷属の目を通して自分も景色を見る感じかな」

如月の説明によると、空が飛べる眷属を持つ者は、同じようにできるらしい。天狗《てんぐ》の眷属を持つ者も、飛ぶ感覚が味わえるそうだ。

「それにしても有生は君と相棒になってから、ずいぶん変わったね。前は本当に冷たい気を放っていたのに、最近は丸くなった。前に有生が井伊《いい》家の内情を調べてきたことがあったろ？」

天井を眺めながら如月が言う。有生は井伊家と関わった際、井伊家が所有している妖魔の数やレベルを調べ、妖魔を育てる『巣』をいくつか破壊したことがある。

「あの辺りからかなぁ。有生がぐっと人間らしくなってきたっていうか……。俺としては君に有生とまた相棒を組めるようになってもらいたいね。有生の奴、組んできた相手にひどい真似しかしてこなかったからな。俺の弟が討魔師になってたら、相棒組めたかもしれないけど」

来栖の話が出てきて、慶次はいい機会だと思い、質問した。

「どうして弟さんは討魔師にならなかったんですか？　子狸も視えてたし、絶対なれたでしょ？　向いてないって言ってましたけど、止められたとか？」

慶次からすれば、考えられない。力もあるし、霊能力もあるのに。討魔師になると一族の間でも優遇されるし、格上に見られるのだ。

「和葉《かずは》はね、高校生の頃、友人に憑《つ》いてた霊関係で失敗しちゃってね。それがトラウマになって、討魔師にはならないって決めたんだ。あいつは優しすぎるからね。慶次君も、この仕事してるとできることとできないことの境界線があるから気をつけてねー。ボランティアじゃなくて、仕事だからね」

如月に念を押され、慶次は殊勝《しゅしょう》な顔で頷いた。慶次にはできないことばかりなので、如月の話は雲の上レベルの話だった。来栖の話をして眠りについたせいか、その日は有生と来栖が学生服で口論している夢を見た。

四日目の朝が来て、慶次は意気揚々《ようよう》と山を駆け回っていた。山での暮らしにも慣れてきて、如月とも親しくなってきた。如月はふつうにしていると口角が上がっている顔らしく、よく友人からは詐欺師っぽいと言われるそうだ。性格はいたって穏やかで、修行中も慶次を怒鳴りつけることなどない。一日のタイムスケジュールは日の出と共に起き、ストレッチ体操をして瞑想、朝食、山の中を動き回ってトレーニング、瞑想、昼食、日が暮れるまで山菜、きのこ採り、長い瞑想、夕食、暗くなったら就寝となっている。まさに仙人のような暮らしだ。意外と身体に合っていて、苦ではなかった。

その一方で有生は大丈夫だろうかと気になった。慶次以外には心を許す人間が少ないから、何をしでかすか心配だ。スマホを置いてきたので連絡がとれないが、元気にやっているといい。

「四日間、君のこと見てたけど、何で子狸しか呼びかけに応じなかったのかよく分からないなぁ。ふつうの眷属が来てもおかしくない感じだけどね?」

気を抜けば滑り落ちるような山の斜面を歩きながら、如月が首をかしげる。修行中はずっとトレーニングウェア姿なのだが、今は腰に籠《かご》をかけ、手には鎌を持ち、山菜やきのこを集めていた。

「俺に問題があるんじゃないんですか?」

慶次は如月の後を追いかけ、辺りに生えている草を見分ける。

「うーん。ぜんぜん霊能力なかった人でも、ふつーに眷属憑けてたし。俺が思うに、君の眷属が半人前だったのって、有生のためでもあったんじゃないかなぁー」

聞き捨てならない発言に、慶次は眉間にしわを寄せた。

「ど、どういう……？　何であいつのため？　まさかあいつが妨害工作を？」

慶次が勘《かん》ぐると、如月が笑い出す。

「さすがにそこまで意地悪じゃないだろ。そうじゃなくて、君の眷属が半人前だったほうがいろいろ上手く回ったってことだよ。もし君に力のある眷属がついたらさ、今みたいに有生とイイ感じになってなかったんじゃないかな。有生って人間には冷たいけど、眷属とか神霊には礼儀正しいだろ。半人前の眷属だったから、有生は手を貸してきたんじゃないかなぁ」

如月の見方は穿《うが》ちすぎのような気がするが、確かに有生は眷属に対しては態度が違う。とはいえ、子狸にした数々の暴挙を思い出すと、とても礼儀正しいとは言えない。

「それで、一体化のやり方も分かったみたいだし、ちょっと子狸を君から離してみようと思うんだけど」

「えっ」

離すと言われ、動揺して慶次は足を滑らせた。あやうく転ぶところだったが、持ち前の体幹で持ちこたえた。

「離しちゃって大丈夫なんですか？　二度と戻ってこないとかそういう」

眷属が離れることに対する恐怖を持っている慶次は、つい顔を強張らせてしまった。

『ご主人たまー。そんなことないので大丈夫ですよぉ』

子狸がぽんと飛び出て、明るく笑う。如月も笑っている。

「そんな飼い猫が家を飛び出して帰ってこないみたいな顔して。眷属とはだいぶ絆《きずな》もできてるし、どこにいようがすぐ繋がれるでしょう」

「あ、そうですね……。」

動揺した自分が恥ずかしくて慶次は頭を掻いた。

「子狸ちゃんは、一回柳森《やなぎもり》神社に戻って、神様の仕事を手伝ってきて。えーと大祓の時までだから、五日間ほどかな。神様には話を通しておくから」

如月がそう言って龍の眷属を呼び出す。長く太い身体をくねらせた龍が現れると、「あいつが送ってくれるから」と如月は子狸をその背中に放り投げた。子狸が宙で回転して、龍の背中に飛び乗る。龍に乗っている子狸がかっこよく見えて、いいなぁと慶次は羨《うらや》ましくなった。如月は、慶次が背中に乗ったら、日本昔話になってしまうと笑う。

『ご主人たまー、ちょっとおいら行ってきますですぅ』

敬礼のポーズをして子狸が龍と共に東の空に飛んでいった。敬礼は子狸のブームらしい。

子狸がいなくなると、心にぽっかり穴が空いたような寂しい気分になった。いかんいかんと首を振り、山菜を鎌で切って籠に入れる。

「身体のほうはどう？　だいぶ添加物が抜けてきて、頭がすっきりしてきたんじゃない？」

五日目に如月に言われて気づいたのだが、身体がすごく軽くて、意識がクリアになってきた。

「無駄な肉が落ちた気がします」

慶次は自分の腹回りを確認して言った。米と味噌汁、山菜やきのこしか食べない生活を送っているせいか、ぜい肉がとれて、身が引きしまった。そう言えば仕事の間は肉を食べるのが禁止だし、食事の内容は重要なのかもしれない。

「スマホ禁止なのは何でですか？」

慶次が疑問に思って聞くと、電波は波動を落とすのだそうだ。眷属と共に生きるためには、波動を高めていなければならないらしい。有生はしょっちゅうスマホのゲームをしているが、眷属の力が強いので問題ないとか。世の中不公平だなと慶次はしみじみ思った。

「人間ってね、生きてるとどんどん汚れていくから、定期的にクリーニングしないとね。さて、ところで今日から一人増えるらしいんだ。一緒に迎えに行こう」

如月がそう言って、走って下山しようと提案する。慶次もはりきって如月と共にかけっこで下山した。登りより下りのほうが筋肉がつく気がする。

ふもとまで下りると、一台の車が停まっていて、スーツ姿の耀司《ようじ》と有生、そしてジャージ姿の竜一がいた。有生は慶次を見るなり笑顔になり、抱きしめてきた。

「慶ちゃん、もう修行終わりでいいんじゃない？　すごい成長したねー。あーもー十分、十分。それ以上成長したら当主の座を奪っちゃうよ。もうやる意味なくね？」

慶次の頬を両手で包み込み、有生が心にもないことをまくしたてる。あまりの迫力に後ろに下がった時、竜一に身体がぶつかってしまった。

「あ、ごめ」

「ひぃっ！　すみません、すみません！」

軽く身体が当たっただけなのに、竜一が真っ青になって米つきバッタみたいに謝ってくる。その異様な反応についい有生を振り返ると、しらっとした表情でそっぽを向かれた。

「俺が悪いんです、全部俺が悪いんです……」

竜一は別人のように縮こまり、鬱々《うつうつ》とした表情でうつむいている。あきらかにおかしい。竜一は有生と組んで仕事をしていたはずだが。

「如月さん、竜一君が心を病んでしまったので、フォローを頼みたい。この弟のせいで迷惑をかける」

耀司は申し訳なさそうに如月に頭を下げている。どうやら仕事を組んだ際に有生にいたぶられたらしい。何をされたか知らないが、一回の仕事でこんなにやつれるとは……。節分祭で会った時は、小生意気な後輩で、子狸を馬鹿にしていたくらいなのに。

「有生、八つ当たりしたな？　まぁいいけど。じゃ、竜一はしばらく預かるよ。こいつの生意気なところ、嫌いじゃなかったんだけどねー」

如月はため息をこぼして竜一を預かる。

「っていうか俺も一緒に行く」

有生は慶次にべったりで、意味の分からないことを言っている。

「何言ってんだ。お前に修行は必要ないだろ」

慶次が呆れて言うと、有生が不満そうに眉根を寄せる。

「慶ちゃんは俺と一緒じゃなくて寂しくないの？　っていうか子狸ちゃんいなくね？」

「俺も子狸も修行中だからな！　大祓の時は戻るって言ったじゃん」

わがままを言う有生を睨みつけ、慶次は心を鬼にして有生を自分から引き剝《は》がした。耀司が有生の首を捕まえ、無理やり車に引きずっていく。

「では頼んだよ」

駄々をこねる有生を強引に車に押し込み、耀司が手を上げて車を発進させた。有生がいなくなると、竜一は目に見えてホッとしていた。

「お前……、お前、今までどうやってあの人とやってきたんだよ……？　悪魔じゃん、鬼じゃん、マジで死神じゃん……。俺が何度生命の危機に晒《さら》されたか……っ」

竜一にうつろな目で詰問《きつもん》され、慶次は乾いた笑いを浮かべた。ますます有生が何をしたのか気になる。

「竜一はまだまだ精神鍛錬《たんれん》が必要だな。じゃ、走って山小屋まで行くぞー」

如月が面白そうに敬礼して、先頭を切って走り出す。慶次もその後を追い、竜一も必死になってついてきた。地面のでこぼこに足をとられないように走りながら、有生の顔がちらちらと脳裏に浮かんだ。せっかく久しぶりに会えたのに、あまりしゃべれなくて残念だ。人目があったから何もできなかったし。

（この修行を乗り越えたら、視えるようになるんだし！　がんばるぞ！）

決意も新たに、慶次は元気よく足を動かした。


竜一が加わってからの修行は、騒がしい感じになった。竜一はかなり有生にダメージを負わされたらしく、寝ている最中もひどくうなされ、何度も悲鳴を上げて飛び起きるほどだった。眷属の鼠は、そんな竜一を冷たい目で見ている。以前会った生意気な後輩は、今や風の音にもびくつく弱虫になってしまった。それでも山の中で過ごすうちに少しずつ元気を取り戻し、山の中を駆け回れるようになった。

「眷属が帰ってきたみたいだよー」

六月の末、朝起きて小川で顔を洗っていると、如月に声をかけられた。その数分後には龍の背中に乗って子狸が帰ってきた。

「えっ！　すごっ！」

龍の背中からぽーんと飛び降りて、空中で一回転して着地した子狸を見るなり、慶次はつい声を上げてしまった。子狸が大きくなっていたのだ。前は見下ろすという感じだったのだが、今や二倍の大きさになっている。まだ一人前ではないようだが、しっかり成長して戻ってきた。

『ご主人たま、お待たせしましたぁ！　おいらリニューアルして戻ってまいりましたですぅ。ニュー待針をよろしくですぅ』

子狸は目の辺りでピースサインをしてやる気満々だ。可愛らしい顔から、今や凜々《りり》しい顔になっている。試しに武器を取り出してみると、以前は小さい針だったのが、二倍の長さの少し太めの針になっていた。

「すごいぞ、子狸！　俺も負けてらんねーな！」

慶次は子狸の成長を喜び、手を取り合って踊った。

「一人前になるのは無理だったみたいだけど、まぁだいぶ成長したからある程度の仕事ならこれでこなせるだろう。それで慶次君。慶次君のほうはどうやら肉体的な問題はないから、とりあえず山での修行はこれで終わりね。下山して本家に戻っていいよ。風呂にも入りたいだろうし」

にこにこして如月に言われ、慶次はガッツポーズをした。修行が終わりということは――。

「視えるようにしてくれるんですよね!?」

慶次が興奮して言うと、如月が困ったように笑う。

「うーん、覚えていたか。仕方ない、口が滑った俺が悪い。そんじゃ、やってみようか」

何気ない様子で手を伸ばされ、慶次はドキドキして如月の前で背筋を伸ばした。もっとちゃんとしたところへ行かなくていいのかと思ったが、小川の流れる横で、如月が慶次の額をぐりぐり指で擦る。

「いたたた」

けっこう強い力で額の真ん中を押され、慶次は顔を顰《しか》めた。どれくらいやっていただろうか。五分もすると如月が手を離し「ハイ終わり」と軽い口調で言う。

「え、終わり……？」

擦られた額を撫で、慶次はいぶかしげに聞いた。周囲を見たが、特に変わりない。

「君のふさがっていたチャクラはこじ開けたから、いろいろ視えるようになっているはずだよ」

如月に鷹揚《おうよう》に頷かれ、そんなものかと慶次は半信半疑で礼を言った。

「君は一度実家に戻ったほうがいいみたいだな。家がごたごたしている感じがする」

如月にアドバイスされ、慶次はひやりとした。言われるまでもなく、家はごたごたしている。正直に言えば、こうして修行という名目で離れられてホッとしている自分がいる。

山小屋に戻り荷物をまとめると、如月と竜一はこの後も山ごもりするらしく、そこで別れることとなった。如月からは一週間後に連絡をすると言われた。両親とは夏至の日に気まずいまま別れたので、一度実家に戻ろうと慶次も覚悟を決めた。それに独立したいという話もしなければ。

ふもとに車が待っているというので、慶次は子狸と道々話しながら、走って下山した。

ふもとにはシルバーの車が待っていて、運転席に耀司がいた。

「わざわざすみません！」

耀司が迎えに来てくれるとは思わず、慶次は深く頭を下げて助手席に乗り込んだ。ゆっくりと車を出しながら、耀司が慶次を見る。

「有生は今、煉《れん》と組んで熊本へ仕事に行ってるんだがね。竜一ほどじゃないが、煉の精神的負担になっているようなんだ。申し訳ないが、何とかご両親の理解を得て、再び有生と組んで仕事ができるようにしてもらいたい」

何故耀司が迎えに来たのかと思ったが、どうやらそれを言いたかったらしい。今の父と母ではとうてい許しが出るとは思わないが、慶次は殊勝に頷いた。

「っていうか、あいつわざとやってんじゃないですか？　若手をいたぶって、組めないようにしてるとしか俺には思えないんですけど」

「いや、あいつは昔からああだから。ともかくパーソナルスペースに他人を置きたくないみたいなんだよね。だから仕事で組まなきゃならない場合、相手が地獄を見る」

ハンドルを握る耀司は、困り果てた表情だ。

「君と組んで少しは丸くなったと思ったのは間違いだったようだ。結局人はそう簡単に変わらないということだろう」

慶次は顔を引き攣《つ》らせた。兄とはいえ、けっこうひどいことを言っているような。そういえば以前は有生が井伊家に引き抜かれるんじゃないかと本気で心配していたし、耀司たちにとってはまだ百パーセント信頼できるわけじゃないのかもしれない。慶次といる時の有生は毒舌だが困っているると助けてくれるし、そう悪い人間ではないのだが。

そんなことを思いながらふと車窓からトンネルの入口に目を向けた慶次は、気づいたら「うわーっ」と叫んでいた。

「どうした？」

不審げに耀司に聞かれる。トンネルの入口に、長い髪の女性が立っていたのだが、頭から血を流し、恐ろしい形相《ぎょうそう》でこちらを見ていたのだ。

「女っ、血っ、血を流しっ」

慶次が後ろの窓を振り返って叫んでいると、耀司が何だと言わんばかりに笑い出した。

「ああ、トンネルの女性か。あそこでトンネルに入る者を自殺に追い込もうとして待っているんだ。トンネルで亡くなった霊なんだけどね」

天気の話をするように地縛霊《じばくれい》について語られ、慶次は青くなった。

「お、俺、ホントに視えるようになってる……っ。今、悪い霊が黒いもやもやじゃなくてはっきりとした人間に視えた……」

如月が何をしたか知らないが、慶次の第三の目は開眼されたようだ。耀司に「あそこの家の前は？」と促され、公道沿いの朽《く》ちた一軒家を見ると、病人みたいな顔の陰気な老人が立っている。

「ひっ、おじいちゃん、こわっ。胸に包丁が突き刺さってるぅうう」

慶次は衝撃的な映像に仰け反り、助手席で震えた。確かに行きの車の中で、一軒家のところに黒いもやもやがあるなぁと思っていた。今やドット絵からクリアな4K画像に変化している。その差についていけず、慶次は恐ろしくて身を縮めた。

『ご主人たまー。よかったですねぇ、これでばっちり……って。ご主人たま？』

願いが叶った慶次を子狸は祝福しようとしてくれたのだが、肝心の慶次が震えて使いものにならなかった。

こんなに恐ろしい光景とは思わなかったのだ。胸に包丁が突き刺さった姿や、頭から血を流している姿。昼間からホラー映画を観させられている気分だ。その後も時々道に現れる幽霊に奇声を上げ、慶次は本家に戻るまで頭を抱えていた。

知らなかった。世の中にこんなに霊があふれていたなんて。

「大丈夫か？」

見かねた耀司に聞かれ、上手く答えられないまま慶次はがくがく震えていた。

■5　気づかなかったけど悪霊がいっぱいだった

本家まで耀司に送ってもらうと、慶次は肩から力を抜いた。本家は神使《しんし》に守られているせいか、悪いものは一切いなかったからだ。とりあえず有生の住む離れに向かい、自分の荷物を確認した。有生は留守だったので、風呂を借りるとメールして、久しぶりに湯舟に浸かった。修行中は小川で身体を拭くくらいしかできなかったので、風呂は気持ちいい。

風呂から上がると有生から返事が来て、今日中には帰るとある。それまで少し寝ていようと布団に横になった。

どれくらい寝ていたか定かではないが、身体を揺さぶられて目を開けると、有生が覗き込んでいた。お帰りと呟《つぶや》き抱きついたところまでは覚えているのだが、無性に眠くてまた眠ってしまった。

目覚めたのは朝の七時だった。くっつけた隣の布団には有生が寝ている。ずっと山小屋のくたびれた布団で寝ていたので、ふかふかの布団の魅力に抗《あらが》えず、十時間以上眠ってしまった。

あくびをして顔を洗いに行くと、緋袴《ひばかま》の女性が朝食の用意をしている。

『大祓の儀が十時に始まるようです』

緋袴の女性からそう教えられ、慶次は頷いた。それまでに有生が起きてくるだろうかと心配したが、有生は慶次が朝食を食べている間にのっそりと起きてきた。

「慶ちゃん、修行終わったの？」

向かいに座った有生がぼさぼさの頭で運ばれてきた味噌汁をすする。今日の有生は寝癖がひどい。

「ああ。俺、悪いもの視えるようになった……」

テーブルに山のように積まれているお稲荷さんを口に運び、慶次はしょんぼりして言った。

「何？　願いが叶ったってわけ？　それでどうして気落ちしてんの？」

いぶかしげに有生に聞かれ、慶次は情けなくてうつむいた。ここで怖いなどと言ったら有生に馬鹿にされるかもと思い、無理に笑顔を作って、次のお稲荷さんを頬張る。

「いやっ、何でもない！　そうなんだ、願いが叶ったよ、嬉しいな！」

カラ元気で大声を出すと、子狸が腹から出てきて同情気味に慶次の肩をぽんと叩いてきた。

「あれ、子狸ちゃん、成長してんじゃん」

有生の目にも子狸が大きくなっているのは明らかだったようで、褒められて子狸がまんざらでもないように胸を反らす。

『はい、おいら神様のもとで特訓を受けたので、急激に成長しましたです。もはや一人前になるのも時間の問題ですぅ』

「へー」

子狸の話を受け流し、有生は面倒そうに窓の外へ視線を向ける。

「慶ちゃんの願いが叶ったのか……」

有生が遠い目をして呟く。その表情は浮かなくて、心ここにあらずといった感じだった。

「そういやお前の願い事、結局何だったんだよ？　そろそろ教えてくれてもいいだろ。そんなすごい願い事だったのか？　お前ってけっこう何でもできちゃうもんな。そのお前が神様に頼むくらいだし、相当すごいことなのか？　井伊家滅亡しろとか、そういう？」

慶次が気になって身を乗り出すと、有生が無表情になって箸《はし》を動かす。

「井伊家滅亡って、慶ちゃんすごい恐ろしいこと言うね？　本当に修行してきたの？」

侮蔑《ぶべつ》的な眼差《まなざ》しで見られ、慶次はうろたえてテーブルを叩いた。

「ちがっ、今のはお前が考えそうな願いだよ！　っていうか、竜一がやばいくらいお前のことトラウマになってたぞ？　何したんだよ。優しくしろってあれほど言ったのに」

「ああ、あの鼠。イライラするくらい生意気だから、仕事中ずっと首絞めるイメージ送ってやった。おかげで静かになって後半は仕事がやりやすかったよ」

平然と有生に言われ、慶次はがっくりきて箸を置いた。竜一は態度がいいとは言い難《がた》いが、それでも少しやりすぎだと思う。

「言っとくけど、俺とあの子を組ませたってことは、そういう意味も含めて教育しろってことでしょ。俺は上の気持ちを汲《く》み取って、鼠の子を品行方正な討魔師になるよう教育しただけだよ」

慶次がじっとり見つめると、非難されているのを感じ取ったのか、有生が滑らかな口調で言う。そう言われるとそう聞こえてくるが、その後ケアが必要なほど追いつめるのは違う気がする。

「煉には手加減しろよな。あいつはちゃんとしてるだろ？」

現在組んでいる煉も有生を苦手としていた。竜一ほど恐ろしい目に遭《あ》っているとは思わないが、少しは考えてほしい。

「ああ、そうだね。俺の前ではきちんとしてて、つけ入る隙がないのがつまんねーかな。あの双子、区別がつかない」

有生は面倒そうにぼやいている。今のところ煉は大丈夫そうだと安心し、修行中の話をだらだらとした。いろいろ話し込んでいるうちに九時になってしまい、支度を始めた。大祓の儀は正装したほうがいいというので、スーツに着替え髪を整える。

離れから母屋《おもや》に向かうと、広間には大祓の儀に参加する人たちが集まっていた。ベテランの討魔師から若手の討魔師までさまざまな顔ぶれだ。同じ時期に討魔師になった花咲《はなさき》美嘉《みか》がいて、慶次を見て手を振ってきたが、有生の顔を見て青ざめて遠ざかった。有生がベテラン討魔師に話しかけられた隙に、美嘉に近寄って話しかけた。

「慶次君、双子の後、私、有生さんと仕事しなきゃならなくなったの。大丈夫かな？　襲われたりしないかな?」

美嘉は部屋の隅に移動して、真剣な顔で訴えてくる。もはや連続殺人犯くらいの扱いだ。

「いや、そんな犯罪者みたいな真似はしないと思うけど……。竜一は生意気だったみたいで、人格崩壊するほどひどい目に遭ってた。礼儀正しい態度で接すれば、大丈夫だと思うよ」

「大体、何で慶次君とのバディが解消になったの? 節分祭で執拗《しつよう》に追われてたし、実は問題があったの……?」

美嘉は慶次と有生の関係は知らないらしく、慶次も同じように有生を敬遠していると思い込んでいる。

「いや、あいつそんな悪い奴じゃないから! 俺はちょっと、親が出てきて相棒替えろって当主に訴えちゃってさ……。それがなきゃ、相棒でいたかったんだけど」

「そうなんだ……」

美嘉は親がそう言うのも無理はないと深く突っ込まずに納得してくれた。これで有生とつき合っているなどと言ったら、どんな態度になるのだろうかと不安になった。これまで気にしていなかったが、有生とつき合うというのは、男同士だからというだけでなくなかなかハードルが高いものらしい。

「皆さん、お堂に移動して下さい」

広間にスーツ姿の中川が来て、声をかけた。討魔師たちがぞろぞろと廊下に出て、離れにあるお堂に向かう。

　お堂に入ると、祭壇の前に人数分の座布団が置かれていて、慶次は有生の隣に正座をした。巫女様が緋袴姿で現れ、和装の当主と共に祭壇前に立った。

「では大祓の儀を始める。皆、目を閉じ、頭を垂れるように」

　巫女様に促され、慶次は目を閉じて頭を下げた。

　巫女様の声と当主の声が重なり、何かの経を読んでいるようだ。するとしばらくして一陣の風が吹き、身体から何かを吸い取られるような気がした。思わず目を開けると、自分の身体から黒っぽい煙が出ていて、それが祭壇のほうに吸い寄せられていく。そろりと顔を上げると、いつの間にか祭壇のところに不動明王《ふどうみょうおう》がいて、討魔師の身体から出てきた黒い煙を炎で燃やしていた。

『ふー。おいらの身体も綺麗《きれい》にしてくれてますぅ』

　子狸は自分の身体や尻尾をごしごし擦り、黒い煙を不動明王に燃やしてもらっている。垢《あか》みたいだ。これがいわゆる寿命を縮めてしまう穢《けが》れというやつだろう。

　三十分ほど黒い煙を吸い取られると、身も心も軽くなった。全員分の穢れを燃やし尽くすと、不動明王が消え、巫女様と当主の読経も終わる。

「ご苦労であった。これからも仕事に励むように」

　巫女様が終わりの合図をして、討魔師たちが礼を言ってぞろぞろとお堂を出ていく。気のせいか子狸の身体がつやつやしている。仕事を一定以上こなすと、こうして大祓の儀で身体を清めるのだろう。討魔師の健康も大事だからだ。

感心してお堂に残っていると、有生が肩に腕を回してきた。

「慶ちゃん。今日はこの後暇だから、一緒に不動産屋巡りをしようよ」

有生がにやーっと笑って言う。偶然近くにいた巫女様がそれを聞きつけ、目を丸くして慶次を見る。

「慶次、家でも買うのか？　戸建てを買う討魔師は多いが、お前はまだ新米だろう？」

巫女様は気が早いと言いたげだ。そうではなく両親の件もあり、一人暮らしをしようかと思っているという話をした。

「やっぱり本家に近い場所のほうがいいですか？　職場の近くに住むのがセオリーって」

素朴《そぼく》な疑問を口にすると、巫女様が笑う。

「場所などどこでもよいよ。むしろ大都市のほうが仕事が多いから、大阪や名古屋《なごや》辺りに住むのもいいのではないか」

「あ、そうなんだ？」

てっきり本家に近いほうがいいと思っていたが、そうでもないようだ。大阪や名古屋に住むなんて土地勘もないし、知り合いもいないし、想像もつかない。岸和田《きしわだ》辺りなら和歌山に近いし、関西空港にも近いからいいかもしれない。

「余計なこと言わないでくれる？　慶ちゃん、この近くなら家賃、すごく安いよ。大都市だと狭くて高い家賃だよ」

有生に囁かれ、それもそうだなと心が揺らいだ。給料はそれなりにもらっているが、見知らぬ土地で狭い部屋に住むより、知り合いのいるこの近くのほうがいい気がする。

「とりあえず、行ってみます。有生、車出してくれんの？」

「いいとこ、見つけようね」

有生はすっかりその気で、機嫌のいい顔つきになっている。今日いきなり物件を決めるつもりはないが、相場《そうば》がどれくらいか知りたいし、物件巡りに有生がついてきてくれるのは心強い。有生がいれば、不動産会社の社員に無理やり契約をさせられることはないだろう。逆に、有生が気に入った物件に無理やり契約させられることはあるかもしれないが……。

お祓いの儀ですっきりしたのもあって、慶次は有生とお堂を出て、午後の『お出かけ』に心を浮き立たせた。

『お出かけ』に喜べたのは、車が走り出して一時間後くらいまでだった。

「ぎゃあああ！」

信号で車が停まった瞬間、慶次は車内に響き渡る声で叫んでしまったのだ。ハンドルを握っていた有生がその声にびっくりし、唖然《あぜん》とした表情で慶次を凝視する。助手席にいた慶次はガタガタと震え、頭を抱えていた。――踏切のところに、内臓が飛び出た男と、血だらけの女性が立っているのが視えてしまった。しかも一人は、電車が来るたび飛び込んでいるのだ。

「何、マジでびびるんだけど。慶ちゃん？」

慶次の様子がただ事ではないと思ったのか、有生は遮断機が上がっても、すぐには発車しない。

「早く通り過ぎてくれ！　うぐっ、うっぷ、内臓が……っ、内臓がぁ」

慶次は真っ青になって有生をせっつく。そこで初めて有生が信号のところにいる霊に気づき、なーんだと馬鹿にした笑いを浮かべる。

「そんなんで悲鳴上げてたの？　情けないねー。でも、本当に視えるようになったんだね、慶ちゃん。っていうか、そんな怖いなら、視なきゃいいじゃない」

呆れたように笑われ、慶次はおそるおそる顔を上げた。信号を通り過ぎ、商店街を抜けていく。その間にもあちこちに霊が視えて、慶次はそのたびに「ひぎゃあああ！」とか「こえぇぇ！」とか叫び続けた。とても黙っていられず、霊が視界に入るたび、心臓が口から飛び出しそうになる。

「うるせーな。そろそろ、黙ってくれない？　だから、怖きゃ視なければいいだろ？　何でいちいち視てんの？」

慶次が叫びすぎたせいか、最初は笑っていた有生も苛立《いらだ》ちを覚えたようで、顔が怖くなる。

「俺だって視たくねーよ！　でもこんなにいるなんて思わなかったんだよ！　人間の数と同じく

らいいるじゃねーか！」

涙目で怒鳴り返すと、何かに気づいたように有生がぽかんとする。

「慶ちゃん、あのね。俺たちは仕事の時は霊とチャンネル合わせて視るようにしてるけど、それ以外はチャンネルを閉じて視ないようにしてるんだよ？　まさか、できないの？」

恐ろしそうに聞かれ、慶次は驚愕して固まった。自分は怖がりだからこれだけ叫んでしまうが、他の討魔師たちは慣れたのだとばかり思っていた。そうではなくて、要所要所で視たり視なかったりできるというのか。

「できねーよ！　ど、どうやってやんの？　分かんねーよ、全部視えちゃうし！」

パニックになって慶次が怒鳴ると、有生が駅前の駐車場で車を停めた。その表情は困惑し、奇異なものを見る目つきで見られた。

「感覚的なものだから、説明むずい。何でできない？　できない討魔師に会ったことがない」

有生の発言は慶次の心を抉《えぐ》った。せっかく悪霊が視えるようになったのに、また問題が現れた。討魔師になったら誰しも、自然に視たい時だけ悪霊を視るらしい。そう言われて少し遠くにいる電柱の陰の女性の霊に意識を向けてみたが、どうやっても消えてなくならない。うんうん唸って視えないようにと願ってみたが、一向に変わらない。そして気づいてしまった。悪霊だけでなく、ふつうの霊も視えていることに。どうりで数が多いはずだ。

必死に唸り声を上げて念じていると、電柱の陰にいた女性の霊がスーッと近づいてきた。

『私のこと視えるの？　視えるんでしょう？』

女性の霊が車の窓ガラスに顔をくっつけてきて、慶次は恐ろしくて「ぎゃーっ!!」と悲鳴を上げた。女性の顔が半分腐って崩れていたからだ。

「視えてると分かると、寄ってくるでしょ。あーロックオンされた。早くどうにかして」

有生に顔を顰めて言われて、慶次は情けない表情で有生を振り返った。その時、ふいに有生の背後に女性の姿を見つけてしまい、息を呑んで身を縮める。

「なっ、何だよ、その女性！　有生っ」

有生の背後にいた女性は色素の薄そうな美人だった。長い髪に白い肌、人形のように整った顔立ちだが、無表情だ。一瞬悪霊かと思ったが、女性は生きている人間と変わりない雰囲気で、じっと有生に寄り添っていた。身構えつつ凝視した慶次は、その顔立ちが有生とよく似ていることに気づいた。

「え、あれ……。ひょっとして、有生のお母さん……？」

慶次が呟くと、女性はすぅっと消えてしまった。

「母親がいた？　そんなものまで視えてんの？　慶ちゃん、まずいよ。そんなに何でもかんでも視てたら疲れるよ？」

有生が背後を振り返って、眉根を寄せる。

「俺だって視たくて視てるわけじゃねーよ……。うう、この女、しつこい」

窓には相変わらず顔半分が崩れている女性が張りついている。顔を背けても、窓ガラスを叩いて存在を主張してくる。

「たち悪そうだから、強制排除すれば？」

有生に顎をしゃくられ、慶次はびくびくと怯えながら子狸を呼び出した。どうやら女性の霊は車の中に入れないようなので、一度外に出て、消滅させなきゃならないらしい。

「待針、武器を」

慶次が低い声で言うと、子狸がふんっと鼻息を荒くした。子狸の腹に手を入れると、長い針が出てくる。慶次は意を決してドアを開けて外に出た。

『ねぇねぇ、私、綺麗？』

女性の霊が嬉々《きき》として寄ってくるのを、慶次はひらりと横にかわし、子狸の腹から出した武器で、女性の霊の胸辺りに光る赤い珠に刺した。悪霊の核と呼ばれるものだ。すると女性の霊は絶叫を上げて、消滅した。

「あ、すごい。一本で消えた」

以前はこういった悪霊は五本くらい一気に刺さなければ消えなかったのに、子狸が成長したのか、今日は一本で消え去った。しかも以前はこういう悪霊を退治すると、身体から力が抜けたが、一体倒したくらいでは身体に変化はない。慶次も成長しているようだ。

「慶ちゃん、今日はコンタクトしてないの？」

車から出てきた有生に不思議そうに聞かれ、そういえばコンタクトをしたままなのに悪霊の核が視えたと慶次も驚いた。どうやら今の慶次は何でもかんでも視えてしまう体質になったらしい。

「コンタクトなしで視えるようになったっぽい。いちいち外さなくていいのは楽だけど……」

「ふーん。ま、いいや。とりあえず高知駅辺りのマンション見てみようよ」

有生は先に立って歩き出し、駅近くの不動産に向かう。そこに辿り着くまでの間も、慶次はあちこちに霊がいるのが気になり、有生の背中にへばりついて移動した。歩きづらいと有生に文句を言われたが、有生の傍《そば》が一番安全だ。慶次が視えると気づき近づいてこようとする霊たちも、有生に気づくと敬遠して近寄らないからだ。

高知駅周辺は路面電車もあるし、空港行きのバスもある。立地的には慶次の住んでいる過疎化が進んだ和歌山の村よりよほど賑《にぎ》わっている。

駅近くの大きな不動産屋の前に貼られている物件の間取り図の前で、有生が立ち止まる。慶次も周囲を確認しつつ、横に並んだ。一人暮らし用の物件を眺めていると、中にいた制服姿の若い女性がにこやかに声をかけてきた。

「中にもたくさんありますので、よかったらどうぞ」

笑顔でドアを開けられ、慶次が尻込みしていると、有生がさっさと中に入っていく。まだそこまではっきりと決めたわけではないのに、有生が入っていくので仕方なく慶次もおずおずと続いた。幸い、室内に霊は見当たらない。

「どのようなご条件でお探しでしょうか？」

岩田《いわた》と名乗った女性に、カウンター前の椅子を勧められ、慶次がまごついていると、有生が強引に座らせてくる。

「彼、初めての一人暮らしなんです。いい物件があったら内見したいんですけど」

有生はいつもの負のオーラを引っ込め、爽《さわ》やかな好青年を演じている。岩田は有生に見つめられ、少し頬を赤らめたが、すぐに慶次のほうに視線を移した。

「初めての一人暮らしなんですね。間取りはどんな感じでしょうか？　お差支えなければ、家賃はどれくらいをお考えでしょうか？　駅の近くのほうがよろしいですか？　その他、日当たりやペット可など、何でもおっしゃってみて下さい」

にこやかに岩田に聞かれ、慶次も腹をくくって頭を巡らせた。

「えっとー、１ＬＤＫがいいかなって思ってるんですけど……日当たりはいいほうが。駅に近くなくてもいいですけど、防犯がしっかりしたところに。ペットは飼う予定ないです。家賃は……、六万円以下で」

「あと防音も。隣の声が聞こえるところは困るんで」

横から有生が勝手に条件を増やしている。何でだろうと疑問に思ったが、確かに隣の家の声が聞こえるのは嫌なので頷いておいた。少々お待ち下さいと言いながら、岩田がパソコンに向かってすごい速さでキーボードを打つ。

「高知駅の近くでしたら、いくつかありますので、今印刷しますね」

手際よく物件を選び出し、岩田がプリンターから出てきたＡ４サイズの紙を十枚ほど持ってくる。目の前に差し出され、目を通してみるものの、どれがいい物件でどれがよくない物件か分からない。

「子狸、分かる？」

紙で顔を隠し小声で聞くと、子狸がすっと出てきて『それは駄目です』と持っていた物件を拒否する。

（すげー。こんなので分かるんだ？）

子狸が許可した物件を選べばいいのだから、容易《たやす》いものだ。慶次が次々とコピー紙をめくっていくと、『それはいいですけど、こっちは駄目です。ここはまぁまぁ。これはナシよりのナシですね』と子狸が選別してくれる。

最終的に残った物件はマンションが二軒、新築アパートが一軒だ。

「この物件、内見できます？」

有生が慶次の手から紙を奪い取り、身を乗り出して言う。岩田はすぐにあちこちに電話をして、

「内見可能です。よろしかったら、車を出しますけど」と微笑む。

「お願いします」

有生に勝手に決められ、内見に行くことになってしまった。まだ一人暮らしをすると決まった

わけではないし、親にも言っていないのに。自動で進むエスカレーターに乗せられた気分だ。いいのかなぁと気は進まなかったが、見るだけで断るのも可能と言われて、有生に任せることにした。

(まぁいきなり決まることはない、よな)

試しに内見というやつを体験してみよう。そんな軽いノリで、慶次は岩田の車に乗り込んだ。

車に乗っている間は膝の辺りに視線を置いて、外の景色は視ないように努めた。最初の物件は駅から車で二分の場所だ。八階建てのマンションで、築二十年。車から降りてエントランスをくぐりエレベーターの前に来たとたん、子どもの霊が横切った。

「ひっ」

つい有生の背中にしがみつき、岩田にいぶかしげな顔で振り返られる。エレベーターに乗り込み、八階で降りると、手前の部屋の鍵を岩田が開ける。

「こちら築浅《ちくあさ》ではない分、この家賃にしてはお部屋の間取りが広くなっております」

岩田が先に立って中へ入り、窓を開ける。部屋は少しこもった匂いがしていたが、換気すると気にならなくなった。リビングは十二畳で広い造りだ。慶次は部屋に幽霊がいないのを確認して、室内を見回った。

（一人暮らしかぁー）

こうして誰も住んでいない家に入ると、少しずつ実感が湧いてきた。ベッドはどこに置こうかとか、クローゼットはどれくらいの大きさかとか、キッチンはどうだろうとあちこちチェックする。リフォームしてあるせいか、部屋の中は綺麗だった。そういえば窓の外の景色を見ていないとベランダに出た慶次は、隣のマンションの非常階段が目に入り、固まった。

（ひぃいいいい！）

隣のマンションの非常階段の上から、男が落ちてきたのだ。それはあっという間に地面にぶつかり、血溜まりを作った。かと思うとその男がふらふらと起き上がり、再び非常階段を登り、上からまた落ちる。死んでいるのが分かっていないのだろう。何度も何度も自殺を繰り返している。

「お客様？」

ベランダでかちんこちんに固まっている慶次を見やり、岩田が首をかしげる。

「こ、ここはパスで……」

慶次は真っ青になってベランダから出た。部屋は悪くないが、隣のビルで毎日自殺する人がいたら精神衛生上よくない。

二件目の物件は、車で五分のアパートだ。新築で、三階建て、車から降りて外観を見た印象は明るかった。二階の部屋の中にも霊はいないし、キッチンも部屋も全部綺麗だ。ベランダに出てみて周囲を確認したが、見た感じ霊はいない。

「ここは駄目」

慶次はいいなぁと思ったが、有生は厳しい顔つきで首を横に振る。

「何でお前が決めるんだよ」

違和感を抱いて慶次が首をかしげると、有生が壁に耳を当て「隣の家の声が聞こえる」と文句をつける。壁に耳をつけない限り聞こえないならいいんじゃないかと慶次は思ったが、有生から「慶ちゃんの家でエッチできないのは困る」と耳打ちされる。

(こいつは一体何を考えてるんだ！　は、破廉恥《はれんち》なっ)

慶次が真っ赤になって有生の背中をぽかぽか殴っていると、岩田が残念そうに眉を下げる。

「ここは新築ですので、すぐ埋まってしまうと思いますよ」

岩田にアドバイスされたが、有生の意見を無視するわけにもいかなくて、次の物件に向かってもらった。

三件目は築五年の五階建てのマンションの三階だった。リビングも十一畳あり、隣の部屋も六畳ある。キッチンも綺麗だし、日当たりもいい。ただ駅から遠く、車で十五分かかる。その分周囲に高いビルはなく、畑や公園、民家くらいしかない。

『ここはいい気が流れてますぅ』

子狸が初めて出てきて、部屋の中を見て回る。子狸が太鼓判を押すくらいだから、いい場所なのだろう。

「ここ、いいですね」

慶次が岩田に言うと、パッと顔が輝いて、アピールポイントを説明してくれる。前に住んでいた人は戸建てを買うので出ていったそうで、前の住人も問題ない。しかも家賃がかなり安い。

「慶ちゃん、ここにしなよ。すぐ手続きとったほうがいい」

有生は慶次の肩に腕を回し、強引に勧めてくる。

「そんなすぐ行動できるわけないだろ。一度家に帰ってじっくり考えないと」

やけにせっついてくる有生に不信感を抱き、慶次は腕を振り払った。有生のペースに巻き込まれるのは危険だ。

「そんなじっくりとか言ってたら、別の人にとられるだろ？　保証人なら俺がなるし」

「え」

とられると言われて少し焦ったが、よく考えたら保証人の問題もあるし、やっぱり今日中に決めるなんてできない。大体一人暮らしは慶次にとってまだ絵に描いた餅《もち》で、勉強不十分だし、何よりも親の許可をもらってない。

「何で焦らすんだよ。別に急ぐ必要はないだろ。まだ父さんと母さんにも言ってないしさ」

慶次がムッとして言い返すと、有生が馬鹿にした笑いを浮かべる。

「親の許可なんていらないでしょ。慶ちゃん、もう二十歳で成人してるんだし。だから俺が保証人になるって言ってるじゃん」

「そんなやり方まずいだろ。お前、さっきから変だぞ。妙にせっつくし」

有生と言い合いを始めると、岩田が困った表情で微笑んだ。

「あの……、焦って決める必要がないなら、おうちに帰ってゆっくり考えたほうがいいと思いますよ。住むところは重要ですから。お決めになったら、ご連絡いただければ手続きに入りますので」

岩田に助言され、慶次は「ほら見ろ」と胸を張った。有生が面白くなさそうに目を眇《すが》める。それまで好青年を装っていた爽やかな気が消え、いつもの負のオーラが滲み出る。岩田は敏感にそれを察知し、愛想笑いを浮かべながら「お店に戻りましょうか」と誘導してくる。

帰りの車は重い雰囲気だった。慶次はいつものことなので気にならないが、岩田は汗を浮かべて車を運転している。

岩田に礼を言って、店を出た時は夕方五時を回っていた。空はまだ明るく、慶次はひろめ市場に行こうと有生を誘った。市場に行く間も数々の霊に遭遇したが、なるべく見ないようにしてやり過ごした。つき合ってくれた礼に慶次がおごると言って、海鮮系の店に二人で入った。

「お前、いつまで不機嫌なんだよ」

食べている間も無言で負のオーラをまき散らしているので、たまりかねて慶次は聞いた。周囲の客がそわそわ落ち着かないのが手に取るように分かる。海鮮丼は美味しいし、店の雰囲気も悪くないのに。

「別に機嫌は悪くない。ちょっと気に入らないけど、俺が悪いのも分かってる」

有生はそっぽを向きながら呟く。何だ分かってるのかと安心して食事を終え、本家に帰るべく車に乗り込んだ。

帰り道、有生は言葉数が少なかった。機嫌は悪くないと言うが、不機嫌そのものだ。慶次が物件を決めなかったのが気に入らないようだが、どう考えても自分のほうが正しい。変な奴だなぁと思いながらも、慶次は助手席で大人しくしていた。

本家に戻った頃にはすっかり夜になり、離れに向かう道には行燈《あんどん》の明かりが灯《とも》っていた。玄関の前には緋袴の女性が明かりを持って立っていて、慶次たちにお帰りなさいませと頭を下げる。

『巫女様がお話があるそうです』

緋袴の女性が言った通り、居間でくつろぐ間もなく、巫女様が訪ねてきた。

「有生、仕事が入っておる。関東近郊で二件ほどじゃ。一件は緊急性の高いものでな。煉は向こうで落ち合うそうじゃ」

仕事の書類を有生に渡し、巫女様が言う。有生は明日から仕事なのか。

「何これ。すぐに出なきゃ、間に合わないじゃない」

有生は書類に目を通して、怒りを露《あらわ》にする。

「すまんがお前にしか頼めん緊急の用じゃ。頼んだぞ」

有生の追求を厭《いと》い、巫女様がさっさと去ってしまう。慶次は唸りながら書類を眺めている有生を見つめ、がんばれよと声をかけた。

「有生が仕事なら、俺も一度家に帰るよ。独立のことも言わなきゃならないし」

如月からも家に戻れと言われたと言うと、有生が落ち着かない様子になった。

「帰るの？　ここにいればいいじゃん」

「お前いないのに、いてもしょうがないだろ」

押し問答を繰り返しているうちに、有生の機嫌がますます悪くなる。

「大体さ、お前……」

慶次が言いかけた言葉を、有生がキスで無理やりふさぐ。そういう雰囲気ではなかったのにいきなりキスされて困惑していると、有生が伸し掛かってくる。

「しよう、慶ちゃん」

強引に唇を奪われ、慶次は嫌がって有生の胸を押し返した。

「何でするんだよ。っていうか早く支度して出かけろよ。仕事だろ」

意味が分からなくて慶次が抵抗すると、苛立ったように有生に腕を摑まれる。前から有生の思考回路は理解できなかったが、今日は特に意味不明だ。

「仕事なんかどうだっていい。俺は今、慶ちゃんとしたいの」

「はぁ!? 冗談言ってないで、行ってこいよ！　俺は絶対しないから！」

やっきになる有生を叱り飛ばして、慶次は「子狸！　手伝って！」と怒鳴った。すると子狸が飛び出してきて、有生の頭にキックを食らわす。有生はそれを避けようと摑んでいた慶次の手を離した。

『有生たま、少し頭を冷やして下さいませです。白狐様もそう言ってますです』

子狸にきりりとした顔でたしなめられ、有生は一瞬殺気を漲《みなぎ》らせたが、白狐が出てくると舌打ちして慶次に背中を向けた。

「行けばいいんだろ」

ひどく冷たい声で吐き捨て、有生が乱暴な足取りで部屋から出ていく。緋袴の女性がお茶を淹《い》れたが、有生はそれを無視して、いかにも不機嫌そうに荷物をまとめている。

「お茶くらい、飲んでいけば？」

旅行バッグを肩にかけて有生が玄関に向かったので、慶次は気を遣って声をかけた。けれど有生は慶次に背中を向けたまま、靴を履いている。

「慶ちゃん、嫌い」

拗《す》ねた声で呟き、有生が振り返りもせずに玄関の戸を開けて出ていく。慶次はぽかんとして、すぐに目を吊り上げて有生を追いかけた。

「ガキかよ！　有生！　こら！」

腹を立てて怒鳴ったが、すでに有生の姿はなかった。まるで子どもの喧嘩《けんか》だ。何て大人げない態度だと慶次は地団駄《じだんだ》を踏んだ。仕方なく主のいなくなった家に戻り、慶次は二人分のお茶を飲んだ。

「何なんだよ、あいつは……っ。クソ、有生の馬鹿っ、アホ、俺だって嫌いだし！」

有生の態度が面白くなくて愚痴《ぐち》をこぼすと、子狸が横に座ってため息を吐く。その態度が自分まで子どもだと責められているようで、悔しくて髪を掻きむしった。

「俺は悪くないぞ！　悪いのはあいつだろ！」

無意識のうちにテーブルを叩いてしまい、思ったよりも大きな音が出てびっくりした。心がくさくさする。伊勢旅行までは楽しかったのに、その後は有生との関係性が乱高下《らんこうげ》している。前から喧嘩はよくしていたのに、今はやけに苛立ちが募る。悔しくて悲しくて、腹が立って、嫌な気分でいっぱいだ。これ以上有生のことを考えていたくなくて、慶次は早めに就寝することにした。

（嫌いって何だよ、ガキかよ……）

寝室にすでに敷かれていた布団に潜《もぐ》り、慶次は腹いせに有生に文句のメールを送ろうかと考えた。なかなかいい文が浮かばず、書いては消し、書いては消し、を繰り返した。眠れない夜になりそうだった。

昨夜は有生への怒りでなかなか寝つけず、思い返しては枕を殴ることで憂《う》さ晴らしをした。結局文句メールも送れずじまいだ。そのせいかいつもより遅く目覚め、朝食を終えた頃には十時を回っていた。こんな場所に長居してやるものかと慶次は身支度を整えた。旅行バッグに自分のものを突っ込み、緋袴の狐たちに礼を言って有生の家を出ていく。

母屋に寄って家に帰ると伝えると、慶次はバスの時間を確認しつつ、本家を去ろうとした。

（ん？　あれは……）

長い石畳を歩いていた慶次は、ふと視線の先に瑞人がいるのに気づいた。瑞人が何故か門のところで騒いでいる。何だろうと思って近づくと、前回遊びに来ていた瑞人の友人の先輩が参道の途中で蹲《うずくま》っていた。

「何してんだ？　もう連れてくるなって言われただろ」

慶次が呆れて言うと、瑞人が気づいて助けを求めるように慶次の手を握ってきた。

「やーん、慶ちゃん、一保《いちほ》先輩を助けてぇ。何でか先輩、この先へ入れなくなっちゃったのぉ。イミフ！　もー」

瑞人は先輩をまた家に招こうとしているようだが、肝心の先輩が圧力を感じて動けなくなったらしい。井伊一保というのが先輩の名だそうだ。

「助けてって言われても……、って、えっ、ぎゃっ！」

一保を覗き込んだ慶次は、悲鳴を上げて飛びのいた。前回は視えなかったので知らなかったが、一保の肩や背中に妖魔がひっついていた。真っ黒な身体の鎌を持った頭でっかちの小人だ。気色悪い顔をしたがりがりに痩《や》せた男もいるし、陰気そうな片方の目が隠れた女性も憑いている。瑞人に井伊家にもいい人がいると言われてそうかもと思ったが、有生が攻撃して追い出すはずだ。こんなに悪いものをくっつけていたなんて。

「お前っ、そんなくっつけて入れるわけないだろ！　今すぐ祓ってこいよ！　めちゃくちゃたち悪そうなのばっかじゃん！」

慶次は真っ青になって一保から身を引いた。冷や汗を垂らしながら一保が顔を上げ、慶次を見据える。ばちりと視線が合い、突然何かの記憶が流れてきた。幼い子どもが数人真っ暗な闇に閉じ込められている。ずいぶん高い場所に空が見えているから、井戸の底だろうか？　泣いても叫んでも誰も助けに来ない。時々パンが数個投げ入れられるが、子どもたちの間で争いが起き、人数分足りなくて、強い子どもだけがパンを奪って食べている。パンを食べられなかった子どもが次々と倒れていく。

「な、何これ？　この子どもたち……餓死したの？」

慶次は混乱して、視えた記憶を振り払おうと頭を振った。とたんに一保の目がぎらつき、慶次の胸倉を摑んできた。

「てめぇ、何を視た!?」

一保が物騒《ぶっそう》な気を放って、慶次に殴りかかろうとする。だがその視界を遮るように白い羽が一保の顔に降り注ぎ、子狸が飛び出てきて一保の手を叩き落とす。慶次は難なく一保の腕を振り払えた。上空を見上げると、天狗が扇子《せんす》を動かしている。羽は天狗の助けだろう。

「せ、先輩……？　怖いっ。どうしちゃったのー。やだぁ」

豹変《ひょうへん》した一保に瑞人が怯える。一保は顔を歪めて、ずりずりと後退していった。

「俺、帰るわ。どうやらふつうの日は俺は入れないようだし」

一保は表情を消し、瑞人に顎をしゃくる。その視線が慶次に向けられると、気味悪そうに眉を顰《ひそ》められた。

「直純《なおずみ》さんが、あんたらと接触してからおかしくなった。何をしたか知りたかっただけだ」

低い声で一保が言い、探るように慶次たちを見る。直純というと、井伊家の若殿と呼ばれている実力者の一人だ。以前由奈《ゆな》を巡って攻撃され、有生が助けてくれた。

「おかしくなったって……、癒しただけだよ。具合でも悪くなったとか？　大丈夫？」

慶次が思い出しながら言うと、一保は困惑した表情でしばらく固まった。だが、慶次が嘘を言っているようには見えなかったのだろう。無言で背中を向け、走り去っていった。

「えーっ、先輩、ひょっとしてそのこと探ってたのー？　そう言えば何度も聞かれたけど、僕あの場にいなかったからぁ。それより慶ちゃん、先輩の過去でも視えたのー？　やーん、僕にも教えてぇ。弱み、握れるかも」

呆れる発言をする瑞人を睨みつけ、手刀を繰り出しておいた。瑞人に構っている暇はないので、さっさと歩き出す。バスの時間に間に合うか心配だ。

「それにしても、すげー怖いもん憑けてんだな。あの若さで大丈夫かよ？　もしかして井伊直純とかもすごいのか？　うー、会いたくねーな」

バス停まで走っていきながら、慶次は身震いした。あんなにたくさん妖魔や悪霊を背負っていたら、日常生活が困難な気がする。

『おいらはそれよりもご主人たまが心配です。ご主人たま、全部視えるようになっちゃって、キャパオーバーしてますぅ。お猪口《ちょこ》に一升瓶の酒を注いでいるようなものですぅ』

「俺ってそんなひどいの!?」

子狸の憂《うれ》いを帯びた声に飛び上がり、慶次は恐ろしくなってきた。

子狸の言った通り、バスの時刻には間に合ったものの、バスの後部座席に幽霊が乗っているのが視えて、一番前の席で駅までずっと震えていた。幽霊は例の如く『視えるんでしょ、ねぇ視えるんでしょ』と迫ってきて、背中に延々と氷を押しつけられた感じだった。幸いバスを降りた時には一緒についてこなかったが、続けて乗った電車にも、フェリーにも、やっぱりいくつかの幽霊がいて、始終びくびくしっぱなしだった。悪霊はもちろんのこと、ふつうの霊もいるし、黒い毛玉みたいな妖怪も隅っこに固まっている。
（世の中って霊がいっぱいだったんだ！）
慶次はひたすら念仏を唱《とな》え、周囲を見ないように努めた。

■6　試練を乗り越えよう

家に戻る頃には、慶次はげっそりとやつれていた。長時間乗っていた電車の間が一番精神的につらかった。横の席に戦時中に亡くなったおばあちゃんの霊がいたのだが、聞き取りづらい声でしゃべっている間に手がもげ、髪がばらばらと床に落ち、髑髏《どくろ》みたいな状態になるのだ。しかも髑髏までいくと最初のもんぺ姿に戻り、またあちこちの身体がぼとぼと落ちていくという恐怖だ。口から出てくる言葉は敵国に対する呪詛《じゅそ》ばかりで、観念して声をかけても、会話が成り立たない。ひょっとして爆弾か何かで亡くなったのだろうか？　指定席なので移動するわけにもいかないし、いっそ強制排除でもしようかと思ったが、きりがないのでやめた。

（メンタルがもたない……。何で俺、全部視えちゃうんだろう。有生が言うように、他の人は取捨選択して視てるのに……）

自分の落ちこぼれ具合が情けなくて、帰り道つい涙ぐんでしまった。きっと霊にまとわりつかれて、精神的におかしくなりかけていたのだ。

家に着いたのは夕方五時だったのだが、やっと安全な場所に辿り着いたと思って、慶次は安堵して玄関のドアを開けた。

「ただいまー」

慶次の声に反応して、母が玄関にやってくる。その顔を見たとたん、慶次は「ひいいいいっ！」と声を上げた。

安全だと思っていた家の中に、霊がいた。しかも母の背中にべったりくっついている面長の老婦が。よく見たら、仏壇がある部屋にこんな顔の写真がある。

「何だよっ、その霊っ！　えっ、あっ、おばあちゃん!?」

母を指さして怒鳴ると、母がびっくりして後退りする。

「は？　何言って……」

「おばあちゃんだろ！　何で、おばあちゃん成仏《じょうぶつ》してねーんだよ！」

慶次が真っ青になって喧嘩腰で言うと、母があんぐり口を開けた。母の背中にくっついていた祖母の霊が、慶次を見つけ、にやーっと醜悪《しゅうあく》な顔で笑う。

『慶次、お前視えるようになったのかい。この女に言っとくれ、この女は不出来な嫁で……』

祖母はこれ幸いとばかりに母の悪口をまくしたてる。知らなかった。家の中に成仏していない祖母の霊がいたなんて。祖母は慶次が五歳の時に亡くなってしまったので、記憶はほとんどない。母がよく姑《しゅうと》に虐《いじ》められたと言っていたが、亡くなった今も文句を言い続けている。

「何を騒いでいるんだ」

父が玄関に顔を出す。すると父の肩と足に霊がくっついているのが視えて、慶次はまた悲鳴を上げた。今度は子どもの霊と見知らぬ女性の霊だ。

「父さんっ、その子どもと女性の霊は何だよ！　まさか不倫でもしてたのか!?」

慶次はパニックになって父親を指さした。母の顔色が変わり、父が慌てて転びかける。

「何を言ってるんだ、俺は清廉潔白……っ」

「どうしたの、一体」

父の後ろから兄も出てきて、慶次は尻もちをつきかけた。兄が一番すごかった。巨大風船みたいな顔の悪霊がしがみついている。若い女性らしいが、兄を愛しげに抱きしめ、誰にも渡さないという念を放っている。しかも女性は時々兄の首を長い髪で締めつけている。そのたびに兄が顰めっ面になり、首筋をさする。

「兄貴っ、そ、それ……っ、やばいだろ！　若い女性が兄貴の首、絞めてるぞっ」

慶次はあまりの恐怖に足を震わせ、父と母を突き飛ばして階段にダッシュした。うちの中にこれほど霊がいたなんて。訳が分からなくなって、急いで自分の部屋に逃げ込んで鍵をかけた。ここは霊の巣窟《そうくつ》だったのか。以前は気づかなかった。どうして!?

『おいらがいる間は、家に入れないようにしてたんですよぉ。現状を知ってもらおうと思い、守りを弛《ゆる》めてみましたです』

部屋の中だけは何もなかったので、慶次はしばらくしてようやく震えが収まった。知らなかった。子狸が家の掃除をしてくれていたのか。

「おい、慶次！　一体どうしたんだ！」

「そうよ、あなた突然何を言ってるの！　何が視えたのよ！　姑の奴、死んでもまだ私に言いたいことでもあるっていうの!?」

父と母が慶次の部屋のドアをばんばん叩いてくる。その音が余計に苛立ちを募らせ、慶次は頭に血が上った。

「うるさいな！　少し一人にしてくれよ！」

慶次が怒鳴り返すと、ドアの外で父と母が一瞬だけ静かになった。だが、すぐにまたドアを叩いて、ここを開けろと言ってくる。

「有生さんにまた何か吹き込まれたんだろう！　ここを開けなさい、慶次！　こんなことなら夏至の日に無理やり連れて帰るんだった！」

「慶次、お父さんについてる女性と子どもって何よ!?　はっきり言いなさい！」

父も母もやっきになってドアを叩いている。慶次はベッドに潜って耳をふさいだ。何でも有生のせいにする父も嫌だし、自分のことばかり考えている母も頭にくる。こんなことなら本家に残ればよかったと後悔した。

しばらくすると、ドアの外で兄が割って入る声がして、静かになった。そろそろと布団から顔を出す。

「慶ちゃん。夕飯作ったから、一緒に食べない？」

兄の声が落ち着いていたので、慶次は仕方なくベッドから這い出た。確かに腹は空いている。父や母と顔を合わせるのは嫌だったが、ずっとこうして籠城《ろうじょう》を決め込むわけにもいかない。

慶次は沈痛な面持ちでドアを開けた。父と母は一階に下りたらしく、兄しかいなかった。しかも兄に張りついていた女性の姿が消えている。安堵したが、どうしていなくなったのだろうと気になった。

「……まだいる？」

二階の廊下で兄に恐ろしげに聞かれ、慶次は首を横に振った。

「もしかしてその女性って髪が長くて、黒っぽい服着てない？」

兄はひっついていた女性に心当たりがあるようで、小声で窺《うかが》うように聞いてくる。慶次が頷くと、兄はため息を漏らした。

「常連のお客さんなんだよね。僕に執心していて、困ってる」

兄は仕事先の小料理店にほぼ毎週のように通ってくる女性客に悩まされているようだった。そこまで聞いて、初めてあれは生霊だったのだと気づいた。兄が好きすぎて、殺しかねないと不安になる。

「子狸、生霊ってどうやって退治するんだ？」

慶次は腹の辺りを見て、尋ねた。

『生霊は難しいですぅ。祓ってもまたやってきますぅ。ただしどんどん弱ってくので、本人に害がなければ放っておけば自滅しますぅ』

生霊の場合は本人にどれだけ影響があるかで、対処法が違うらしい。慶次はあんな恐ろしい女とは絶対つき合うなと兄に念を押した。

一階のリビングに警戒しつつ入ると、相変わらず父と母の傍には霊がくっついている。しかも今まで知らなかったが、リビングの隅っこに黒い毛玉の妖怪がわんさかいた。一つ一つはまんじゅう程度の大きさだが、積もり積もって気持ち悪いほどだ。妖怪がいる理由はすぐに判明した。リビングに物が多すぎる——。この妖怪は汚い家が大好きなのだ。

母が物を捨てられない人なので、ガラス棚や壁に段ボールや収納ボックスが積み上がり、リビングを圧迫している。どこの土産物か知らないが、古い木でできた人形には霊が入っているし、埃《ほこり》を被ったぬいぐるみには念が入っている。今までこんな恐ろしい場所で食事をしていたのかと慶次は唖然とした。

「慶ちゃん、今夜はステーキだよ」

兄はぎくしゃくした空気をとりなすように、慶次の席に湯気を立てたステーキ肉の載った皿を置く。正直座りたくなかったが、家族がそろって慶次を見つめるので、顔を強張らせて席についた。

「いただきます……」

いつものように手を合わせ、慶次はさっさと食べ終えようと箸を握った。

味噌汁を飲んだところまではよかった。だがその後、牛肉を頬張った瞬間、たとえようもない吐き気に襲われた。匂いもひどいし、味がとてもまずくて受けつけない。慶次は真っ青になってキッチンに駆け込んだ。

「うげ……っ、げ……っ」

食べたものを吐き出し、涙目で何度も咳き込む。

「大丈夫!? 慶ちゃん！」

兄が焦って駆け寄ってくる。

「気持ち悪くて食べられない……っ」

慶次は身の内に起きた出来事が信じられず、美味しそうに牛肉を食べている父と母を凝視した。

「こんな美味いのに、何を言ってるんだ、慶次。わがままもほどほどにしなさい」

「そうよ、慶次。あんたずっとおかしいわよ」

父と母にうさんくさそうな目つきで見られ、慶次はショックでくらりときた。

(もう駄目だ――)

何故か分からないが、父と母の目を見て、ここにはもういられないと確信した。父と母に張りついている霊たちが嘲《あざけ》るように慶次を指さしている。

「俺、この家を出て行くから！」

気づいたら大声で叫んでいた。父と母がびっくりして振り返り、兄がぽかんと口を開ける。

「こんな霊の巣窟、いられないよ！　ここは地獄の一丁目だぁ！」

慶次は濡れた口を拭《ぬぐ》って、そう怒鳴った。すると父が立ち上がり、つばを吐きながら「許さん！」と般若《はんにゃ》みたいな顔になる。

「一人暮らしなど認めんぞ！　どうせまた有生さんのところに行く気だろう！　お前は洗脳されてるのが何で分からんのだ！」

「何、馬鹿なこと言ってるのよ、慶次！　料理の一つもできないあんたが、一人暮らしなんてできるはずないでしょ！」

父も母も顔つきが変わっている。慶次の好きだった呑気《のんき》な夫婦ではなくなっている。目が吊り上がり、悪霊と重なり怖い顔になっている。依頼で何度か悪霊を祓ったが、皆こういう顔をしていた。

「俺はもう成人してるんだ！　反対しても勝手に出ていくからな！」

慶次は大声でわめき散らすと、リビングを駆け足で出ていった。食欲はすっかり失せ、二階の部屋に閉じこもって、呼びかけは全部無視することにした。ともかく家の中にいる霊や妖怪が恐ろしくてたまらなかった。部屋の中に入ってきたらどうしようと、布団に潜って怯えていた。

有生に助けてほしいと思い電話をしようとしたが、何故か圏外でかけられない。

布団の中でガタガタ震え、慶次はこのまま自分はどうなってしまうのだろうと怯えながら夜を明かした。

気絶するように眠りにつき、部屋の中に差し込む朝日で目を覚ました。

窓を開けて太陽の光を浴びると、どうして昨夜はあれほど恐怖していたのか分からなくなった。よく考えれば子狸と一緒に霊たちを強制排除するか、説得して祓うかすればよかったのだ。何故か昨夜はそれに思い至らず、ただひたすら怖くて縮こまっていた。

慶次は簞笥《たんす》の奥に入れておいた白装束《しろしょうぞく》を取り出し、そろそろと部屋を出た。まだ朝の六時で、家族は全員寝ている。慶次は物音を立てないように気遣いながら、家を飛び出した。

家の近くに、滝行ができる岩場がある。慶次はそこへ走って向かい、板を組み立てただけの脱衣所で白装束に着替えた。

「うおおおお！」

叫びながら滝に打たれ、般若心経《はんにゃしんきょう》を唱える。頭頂部から水圧を受け、慶次は手を合わせて必死に経を唱えた。すると次第に身体が軽くなり、心も軽くなっていった。無心になれたというか、雑念や邪念が吹き飛んだ。

「ぷはぁーっ」

しばらく滝に打たれた後、慶次はびしょびしょになって脱衣所に戻った。すでに夏の気候で、さっぱりして気持ちいい。濡れた白装束を脱ぎ捨て、水を絞って、濡れた髪を振り払った。

「子狸……。俺、何かおかしかったな？」

改めて振り返ると、家族だけでなく、自分もいつもと違っていた感じがして、慶次は尋ねた。

子狸がすーっと腹から出てきて、こくりと頷く。

『ご主人たま、ずっとやばい感じでしたぁ。多分、有生たまと喧嘩してから、気づいてなかったみたいですけど、落ち込みマックスでしたよぉ。波動がずーんと落ちて、霊を引き寄せやすくなっていたもようです』

子狸に指摘され、慶次は情けなくて肩を落とした。知らなかったが、有生と喧嘩してから冷静さを失っていて、それが次々と悪霊を招き寄せた原因のようだ。おまけに家族と喧嘩もした。本家からの帰り道、霊が多いと思っていたが、そうではなく、無意識のうちに慶次が悪霊や妖魔のいるような場所を好んで通っていたのだ。

『波動は重要なのですぅ。波動が高ければ悪霊は寄ってこないし、低ければ魑魅魍魎《ちみもうりょう》が跋扈《ばっこ》する世界とお友達になるのですぅ。家族との喧嘩はもっとも波動を落とす行為であります。何故なら家族というのは見えない糸で繋がっている存在だからです』

子狸に懇々《こんこん》と説明され、慶次は着替えをしながら納得した。

『有生たまと喧嘩して、ご主人たまの精神がぐらぐらになったのが、その後の暗転の原因です。

ご主人たまはメンタルの強い方ですけど、やっぱり愛する人から悪《あ》し様に言われたのが効きましたね。有生たまを許してあげて下さいです。有生たまは有生たまで、不安だったのですぅ』

「不安？　あいつが？」

慶次は眉根を寄せて聞き返した。まさか緊急性の高い仕事とやらが難しそうな案件だったのだろうか？

『ご主人たまー。見当違いであります。有生たまの不安も心配も願い事も、ぜーんぶご主人たまに関係していることばかりですぅ！』

子狸が慶次の額に額を突き合わせてくる。

まじまじと子狸を見つめ、何故自分に関することで有生が不安になるのかと考えた。そういえば両親が本家に来た際、有生は『こういう事態になったら、俺は捨てられるんじゃないかと思った』と言っていた。それが不安の正体かもしれない。あの時そんなことないと否定したのに、口で言っただけでは有生の不安は取り除けないのだ。だからせっつくように物件の契約をさせようとしたり、身体で繋ぎとめようと強引に事に及ぼうとしていたのか。

「ん？　ところで願い事って何だ？　もしかして子狸、有生が伊勢の神様に言った願い事、知ってんの？」

ふと子狸の台詞《せりふ》を思い返し、慶次は興味を抱いた。有生の願い事は慶次に関係することなのだろうか？　子狸はぽっと顔を赤らめ、くねくねと身を揺らす。

『それはおいらの口からは言えませぇん。直接有生たまから聞いて下さいです』

「何だよ、ケチ。っていうか、俺の不調の原因は有生かー」

有生の言葉一つで取り乱した自分が情けなくて、慶次は頭を掻いた。

『ご主人たま……。有生たまに嫌いって言われたの、ショックだったのですね』

空中浮遊していた子狸にぽんと肩を叩かれ、慶次は口をへの字にした。有生の毒舌なんて慣れっこだと思っていたのに、嫌いと言われて傷ついた。

「すげーやだ。俺、めちゃくちゃ有生のこと好きみたいじゃんかよ」

慶次は拗ねて口を尖らせた。ふいにズボンのポケットに入っていたスマホが鳴り出して、びくっと飛び上がる。まるで子狸との会話が聞こえたみたいに着信は有生からだ。

「もしもし」

慶次が身構えて出ると、沈黙が流れる。

「もしもし？」

有生からかけてきたくせに何も言わないので、いぶかしんで問いかける。

『……帰っちゃったの？　慶ちゃん』

珍しくしょげた声で有生に言われ、慶次は胸がきゅんとして頬を赤らめた。

「う、うんまぁ……。仕事、どう？」

急に照れくさくなって慶次は子狸に背を向けて呟いた。

『速攻で片づけた』

「あ、ああ、そう……」

再び沈黙が落ちる。慶次は何を話していいか分からなくなり、懸命に言葉を探した。電話のせいか、軽口が叩けない。こちらから折れるのも癪《しゃく》に障《さわ》るし、謝るのはもっと違う気がする。けれどどうせ有生のことだし、謝らないんだろうなと思った矢先、思いがけない言葉が耳に入ってくる。

『……一昨日の夜はごめん』

慶次はハッとした。すごく近くに有生を感じたのだ。有生の愛情が胸に飛び込んできて、心臓に突き刺さった。

『慶ちゃんを嫌いなんて嘘。大好き』

囁くような声で言われ、かーっと耳まで赤くなって、慶次はうろたえた。胸が熱くなり、目が潤んでくる。今すぐ会いたいと思った。会って、抱きしめたい。

「うん、俺も……好き」

真っ赤になりながらぼそっと呟くと、有生が無言になる。遠く離れているのに、どういうわけか有生も赤くなっているのが伝わってきた。電波というのは繋がっているのだと確信した。慶次がもやもやしていたように、有生もずっと慶次のことを考えていた。思い通りにならなくて、暴言を吐いて、慶次を傷つけたと反省していた。

あれほど硬くなっていた心が、あっという間に解けていくのが分かった。同時に周囲が明るくなったのも。愛のパワーはすごい。重かった口が軽くなり、そっちはどうだといつものように気楽な会話ができるようになった。髪が乾くくらいの時間有生と電話を続け、人が来たので電話を切った。すっかり表情も弛み、足取りも軽く岩場を後にした。

「子狸、家の中の悪いモノ、一掃したいんだけど」

慶次はのどかな田園風景の中を歩きながら、語りかけた。子狸は慶次の横をふわふわと浮きながら、敬礼する。

『了解でありますっ。ご主人たま、今回はおいらが手を尽くしますけど、早急にお不動様と観音様とご縁を結んで下さいませ。部屋にたくさんいる妖怪は、お不動様の炎で焼き尽くすのが手っ取り早いのです』

「なるほど。お不動様かぁー。有名なとこがいいかな。調べてみるよ」

『それからおいらが成長したので、ご主人たまはもう牛肉は食べられません！　豚も不味《まず》くて食えないと思いますぅ。鳥肉はぎりぎり……』

「えっ!?」

慶次は仰天《ぎょうてん》して立ち止まった。昨日の夕食でステーキが不味くて食えなかったのは、子狸が成長したからなのか。

『よく考えてみて下さい。有生たまが好んで肉を食べているところ、見たことありますかぁ？』

子狸に聞かれ、思い返してみたが、そういえば……ない。緋袴の狐が作る食事も本家で出る食事も肉はほとんど出てこない。眷属が哺乳類の肉を好まないのは知っていたが、いつの間にか慶次までそのレベルに上がってしまったのか。

「もっと早く教えてくれよ！　だったら最後に思い切り肉、食ったのに！」

ショックすぎて慶次は地面にしゃがみ込んでしまった。ということは子狸が一人前になったら、肉全般が駄目になるのだろうか。

『ですから、独立を勧めているのですぅ。料理をご主人たまの分だけベジタリアン用にするのは信《のぶ》たんに負荷がかかりますし。お坊様が精進料理を食べているように、ご主人たまもそうして下さい』

慶次はため息混じりに立ち上がり、しょうがないかと諦めをつけた。討魔師になりたいと願った時は、まさかそこにさまざまな制約が生まれるとは思っていなかった。

有生はよく眷属と話し合っていろいろ決めろと言うが、それはこういうことかもしれない。子狸に教えを請い、より良い方向に行けたらと慶次は笑顔になった。

家に着くと、心配していたらしき家族が待っていた。

落ち着いて皆を視回すと、昨日は判別できなかったことが、判別できるようになっていた。

「父さん、最近水場のあるところへ行かなかった？」

リビングに集まって、父と母を椅子に座らせると、慶次は落ち着いた声で尋ねた。兄はテーブルに朝食を並べている。

「水場？　そういや先月、仕事仲間と川に行ったけど……」

怪訝《けげん》そうに父が答え、慶次は目を細めて父の傍にくっついている女性と子どもの霊を読み取った。

「そこで母子の霊をくっつけちゃってる。何か、父さんが旦那さんに似てたんだって」

前はできなかったのに、今は霊が何を感じているか思いを読み取ることができるようになっていた。子どものほうは子狸の説得に応じ、天国への道を歩き出してくれた。だが、母親のほうは、支離滅裂《しりめつれつ》で、父を自分のいる場所に引きずり込もうとしている。

「説得しても聞いてくれないし、悪霊化してるから排除する」

慶次は子狸に目を向け「待針、武器を」と囁いた。子狸の腹から長い針が出てきて、慶次はそれで後退りする母親の霊を排除した。

「う……っ」

針を刺したとたん、父が顔を背けて大きくかしいだ。

「な、何だ今の……。本当に俺に霊が憑いていたのか？」

父は魂《たましい》が抜けたみたいになっている。

「母さん。おばあちゃんの霊が憑いてて、すごい怒ってる。仏壇がないがしろにされてるって。自分の居場所がないって。おばあちゃんだし、強制排除はしたくないよ」

慶次は母を振り返って、じっと見つめた。とたんに疚《やま》しいところがあったのか、母がそわそわし出す。

「……姑の位牌を箪笥の奥に突っ込んでやったのよ。あの人に水や花を供《そな》えたくなかったから」

皆に見つめられ、とうとう母が白状した。

「お前！　そうだったのか……っ!?　ぜんぜん気づかなかったぞ！」

父は呆れ返って額を手で押さえている。

「どうせあなたは仏壇なんかろくに見てないでしょ。一つ位牌がなくても、気づかないレベルなのよ」

母はしたり顔で言い募る。これでは祖母が化けて出るはずだ。慶次も仏壇の知識がなかったので、祖母の位牌がないことに気づいていなかった。

「……分かったわよ。ちゃんと戻しておくから」

皆に怖い目で睨まれ、しゅんとして母が言う。祖母のきつかった表情が少し和《やわ》らいだので、毎日ちゃんと仏壇を拝めばやがて成仏すると分かった。これはそのままでいいだろう。

「兄貴についてる生霊は、兄貴が頼りない感じがして、自分が守ってやらなきゃって思ってるみたい。強いところを見せれば興味を失うって」

子狸にアドバイスされたことを告げると、兄が分かったと神妙に頷く。

「部屋がものすごく汚くて、妖怪がいっぱいいるから、いらないもの処分してくれよな。子狸、頼む」

慶次は窓を開けて子狸に目配せした。子狸は敬礼すると、部屋の周りをぐるぐる駆け回り始めた。子狸が駆け回ると、黒い毛玉の妖怪が家の外に一目散で逃げ出す。子狸の放つ神気が部屋中に行き渡り、すがすがしい気持ちになった。この神気がもつのはせいぜい二日くらいだろう。部屋を掃除しなければ、また妖怪が戻ってくる。

「何だろう……すごくすっきりした気分だ」

父が以前の穏やかな表情に戻って呟いた。母の表情も険《けん》がとれて、明るくなった。兄は家族全員の食事を並べ、笑顔になった。

「慶ちゃん、すごい。討魔師として力をつけてきたんだね。部屋が明るくなったよ。それに狸が走り回ったみたい」

霊感の強い兄は、子狸が奮闘《ふんとう》した様を察知していた。肝心の子狸は一仕事終えて、疲れたと腹を向けて床に寝ている。

「父さん、母さん、兄貴。昨日は乱暴な言い方になっちゃったけど、俺、独立するつもりだから。討魔師の仕事上、一緒に暮らすのは難しくなっている。一人暮らし、認めてくれよ。俺も二十歳だし、一人でいろいろやってみたいんだ。皆を好きなことには変わりないからさ」

慶次が決意を込めて言うと、昨日は大反対だった父と母が黙り込んで寂しげな顔になった。反対と言っていた両親は、根っこに寂しさがあったのかもしれない。

「……そうか、慶次も大人になったんだなぁ」

眼鏡のレンズの曇りを拭いて、父がしみじみとこぼす。

「お前が本当に討魔師としてやっていっているのが、俺にもよく分かったよ。反対はしないけど、ただやっぱり急にいなくなるのは寂しいから、遊びに行ける距離にしてくれないか」

父に慈愛の眼差しで言われ、慶次はくしゃっと笑顔になった。

自分を二十年間育ててくれた父と母だ。そして優しい兄。本来はこんなに仲良しで、温かい家なのだ。それが霊が憑いただけであんなに変わってしまう。それを元に戻せる討魔師という仕事は素晴らしい仕事だと慶次は改めて討魔師になれたことを感謝した。

「さぁ、ごはん食べようよ。慶ちゃん、今日のごはんは大丈夫かなぁ？」

兄が手を叩き、慶次は食卓についた。今朝の朝食は焼き魚なので問題なく食べられそうだ。慶次は家族と笑顔になって会話を続けた。ここに有生もいればなぁと心の隅で思いながら。

■7　新居で愛を育むよ

八月の暑い日、慶次は引っ越しを終えた。

結局一人暮らしを決めた場所は、和歌山市にした。子狸と相談して決め、部屋も綺麗で周囲の環境もよい1LDKの部屋を契約した。五階建てマンションの五階で、眺めもいいし、新築なので壁もキッチンも真新しい。

一番困ったのが契約書の仕事欄だ。討魔師なんて言っても不動産屋さんには通じないと悩んでいたが、実は本家では表向きの会社名があり、税理士も入っていて、書類関係は中川が全部やってくれた。子狸が心配いらないと言った通り、審査も通り、無事に契約の運びとなった。

たいして荷物がなかったので、引っ越しの日は有生が軽トラックを借りてきてくれて家族で荷運びをした。有生と家族がぎくしゃくするのではないかと心配だったが、もちろん仲良くはしないが、意外と穏やかに引っ越しが完了した。

「これが俺のお城かー」

慶次は家具が入った家の中を見回し、感慨深い思いで微笑んだ。ベッドはやめて布団にしたので、家具は食器棚と電化製品くらいしかない。衣服は備えつけのクローゼットがあるし、エアコンも完備だ。有生が引っ越し祝いに立派な神棚を買ってくれて、壁に設置してくれた。白いTシャツにズボンという格好で手を合わせ、無事引っ越しがすんだことを報告した。

「慶次、俺たちはもう帰るよ」

有生が飲み物を買ってくるといなくなった隙に、引っ越しを手伝ってくれた父と母が帰り支度を始めた。

「そうか。ありがとな、いつでも遊びに来てくれよ？　まだごはん炊くのと目玉焼きくらいしか作れないけど」

買ったばかりの冷蔵庫には、兄が昨夜のうちに作ってくれた作り置きのおかずがたくさん入っている。父と母の引っ越し祝いはテレビで、兄は一人暮らし用の冷蔵庫を買ってくれた。本家からも引っ越し祝いで洗濯機をもらったし、もらいものでだいぶそろったのは有り難かった。

「そうだな。……あのな、慶次。有生さんのことだが」

玄関のところで言いづらそうに父が口を開く。有生の悪口だろうかと慶次はどきりとしたが、父は母と顔を見合わせ、ふうと肩を落とした。

「よく考えたら、俺たち有生さんに何をされたってわけでもないんだよなぁ。信に至っては助けてもらったくらいだし。でもどうしても怖いというか、あの人と打ち解けるのは無理だと思う。お前が本当に有生さんを好きなのは分かったが、俺たちはまだ賛成はできないよ。心が狭くて申し訳ないが、やっぱりお前が男とつき合ってるっていうのがなぁ……認められなくて」

父に落ち着いた声音で言われ、慶次は黙って頷いた。以前は大反対だった父にしてはかなり譲《じょう》歩《ほ》してくれたという思いがあった。賛成ではないが、黙認するということだろう。それで十分だと慶次は笑顔になった。

「あいつ、本当に変わったよ。そのうち父さんたちとも仲良くなってくれたら嬉しいな」

慶次は笑顔で父に言った。有生が戻ってこないうちに帰ると言うので、慶次は駐車場まで見送ろうと靴に足を通した。

家族と一緒にマンションのエントランスを出たところで、ばったり有生と出くわす。有生は藍色のシャツに、細身のズボンというラフな格好で、手には近くの店で買ってきたらしき和菓子の入った紙袋を持っている。有生は慶次たちに気づくと、尻込みする家族にすっと近づいてきた。

「もうお帰りですか」

有生に話しかけられて、父と母がしどろもどろに「は、はい」と答える。有生はじっと二人を見つめて、紙袋を差し出した。

「これ、どうぞ。お土産に」

有生の声につられて父が顔を上げ、差し出された紙袋を受け取る。父と有生の視線が合ったと思った瞬間、有生がぺこりと頭を下げる。

「認めてもらえなくても構いませんが、慶次君とのことは真剣なんで」

有生がそう言うと、父は目を白黒させて、もごもごと口ごもった。隣にいる母はあわあわしている。二人は聞き取れない言葉を口の中で言いながら、そそくさと駐車場に置いてある車に乗り込んで去っていった。

二人の乗った車が消えると、慶次は妙におかしくて、有生を肘で突いた。表情が弛むのも当然だ。あの有生が、父と母に気遣いをして、きちんと宣言した。

「慶次君だって。ぷぷぷ」

慶次がにやにやして言うと、有生が頬を赤らめ、慶次の頬を引っ張ってくる。

「フッー、ここで茶化《ちゃか》す？　慶ちゃんのそういう子どもっぽいところがイライラするんだよね。え？　もっかい、言ってみな？」

照れ隠しで有生に頬をつねられ、慶次は「いひゃい！」と訴えた。けっこう本気でつねられて、頬が赤くなる。

「すみませんでした……。有生さんの男気、見せてもらいました！」

慶次が頬を摩りながら言うと、有生が不意を衝《つ》かれたように笑った。

「大体、未だに霊を見てぎゃあぎゃあわめいているくせに、一人暮らしなんて大丈夫なわけ？」

有生に馬鹿にされ、慶次は胸を張った。

「あ、そのことだけど、来栖さんのお守りを持ってれば、近づかなくなるってのが分かったからもう大丈夫だぞ」

そうなのだ。来栖のくれたお守りが強力で、持っていると霊が近づいてこない。おかげで有生がいなくても、外を歩けるようになった。

「ふーん。和葉の奴、そこまで見通してたのかな。でもお守りって効力一年だよ？　それまでに何とかしなね」

有生に何気なく呟かれ、慶次はどきりとして視線を泳がせた。

「そ、そうだ、お守りって一年の効力だった……。いやっ、一年あればきっと！　俺も成長するはずだし！」

希望的観測を口にして、慶次は有生の背中を押した。「日用品、買いに行くのつき合って」と有生を買い物に誘う。いいよと頷く有生と、駅の近くにある日用雑貨を売っている店やスーパーを回った。自分が使う食器やグラス、カーテンやさまざまな小物を買うとすごい荷物になった。有生がいてくれてよかった。

マンションに戻り、家の中に小物を配置していくと、気分が上昇した。一人暮らしを始める実感が湧いてくる。リビングはナチュラルなテイストにしようと、テーブルとテレビ台は木製の家具にして、有生が買ってくれた黄色のソファを置いた。カーテンは植物の柄で、絨毯《じゅうたん》は無地だ。にまにまして家の中を見ていると、意外そうに有生が覗き込んできた。

「楽しそうだね？　もっと寂しがると思ってたんだけど」

有生は慶次が家族と離れて落ち込むと予想していたらしい。

「え？　別に寂しくはないだろ。一人暮らしって言っても、子狸もいるし。今は有生もいるし」

慶次の台詞につられたように子狸が出てきて、神棚の前で嬉しそうに舞を踊っている。子狸がこんなに喜ぶなら、もっと早く神棚を設置すればよかった。

『よきかな、よきかな』

子狸は花吹雪を散らしながら、腹踊りを披露している。見ているこちらまで楽しくなり、踊りそうになった。だが一軒家の実家と違い、ここは階下に他人が住んでいる。我慢、我慢だ。

「ところで、うちの親に何渡したんだ？」

夕食をすませた後、有生がコーヒーを淹れてくれて、二人で仲良くソファに並んでまどろんだ。

「白狐が近くに有名な店があるから、そこの和菓子を買って渡せって。君の親、今日ぜんぜん目を合わさないからさ」

「ふーん。俺も食べたかったな」

駅周辺はあまりくわしくないので、これから地道に歩いて店を探していくしかない。それもまた楽しそうだとわくわくした。

「慶ちゃん」

有生の長い腕が肩に回ってきて、引き寄せられる。有生が目を細めて自分を見つめていて、慶次はたまらずにぺったりとくっついた。

「お前、すごい甘ったるい顔して、俺を見てる」

囁くように言うと、耳朶《じだ》を指でくすぐられて、頬にキスをされた。

「慶ちゃんだって、とろんとした目、してる」

鼻先にキスが移り、慶次は誘うように口を開けた。有生がかぶりつくように慶次の唇に唇を重ねる。有生の首に手を回し、飽きることなくキスを繰り返した。有生の唇が柔らかくて、気持ちいい。唇を吸われると、ぞくりと背筋に電流が走るし、舌を絡められると身体の芯が熱くなる。

「ん……っ」

キスをしながら有生がTシャツの上から乳首を引っ掻いてくる。そこでの快楽をすっかり覚え込まされた身体は、有生の他愛ない動きに布を押し上げるようにぷくりと尖った。

「ん、う……っ、ぁ……っ」

濃厚な口づけの間、ずっと乳首を弄《いじ》られて、慶次は頬を紅潮させて甘い声を漏らした。唇を離すと唾液が繋がって、息が荒くなる。有生はTシャツの上から両方の乳首を摘み、強めに引っ掻いてくる。乳首を愛撫されて、下腹部が膨《ふく》れ上がった。慶次は有生の胸を押し返し、ひくひくと身体を震わせた。

「汗掻いたから……、んっ、シャワー浴びよ、う……っ」

今日は一日引っ越しの作業をしたので、お互いに汗を掻いている。慶次がそう言っても、有生がくっついてきて、慶次の首筋をきつく吸う。

「慶ちゃんの匂い、興奮するけど」

ぎゅっと乳首を握られ、慶次はひくんと腰を震わせた。

「せっかく買ってもらったソファ汚したくない」

慶次がいやいやと首を振ると、有生がポケットから避妊具を取り出す。いつの間にそんなものを と慶次が目を丸くする。

「一回、ここでしようよ」

有生が慶次の上半身からTシャツを引き抜いて言う。気は進まなかったが、すでに熱を持った身体は有生の言いなりだった。有生は手早く慶次のズボンを引き抜き、下着をずり下ろすと、慶次を膝の上に乗せた。そして勃起した性器を扱《しご》き始める。

「あっあっ、あ……っ」

性急に性器を擦られ、慶次は腰をもじつかせて有生にもたれかかった。尻の下で有生の性器が布越しに硬くなっているのが分かる。じん、と身体の奥が熱くなり、淫らな身体に眩暈《めまい》がした。性器から先走りの汁があふれ出すと、有生はそれを慶次の尻に塗り込めるようにする。

「ローション買い忘れた。慶ちゃん、常備しといて」

有生の指で尻の穴を探られ、慶次は赤くなって身体を折った。

「えっ、やだよ、恥ずかしいっ」

避妊具を買ったこともない慶次は、そういった用品を買うのはまだ恥ずかしい。

「今さら何言ってんの？」

有生は呆れながら濡れた指を奥へ潜らせる。奥の感じる一点を指先で擦られ、ますます先走りの汁がこぼれ出す。

「まぁ慶ちゃん、濡れやすいから別にいいけど」

性器の先端を擦られ、慶次は羞恥で息を詰めた。有生は慶次の身体を抱きしめるようにして、尻の奥をほぐしてくる。耳朶や首筋を吸われ、乳首を指先で弾かれ、身体がどんどん熱くなる。感じれば感じるほど身体に力が入らなくなり、とろんとした目で有生にしなだれかかった。

「はぁ……っ、は……っ、あ……っ」

指が増やされ、奥を広げられる。慶次は甘えるように有生の頬にくっつき、キスをねだった。音を立てて唇を舐められ、吸われ、息が忙しなくなっていく。

何度も身体を繋げたせいか、有生が指で広げると、尻の穴が柔らかくなった。内壁をしつこく撫でられて、早く入れてほしくなっている。

「有生……、脱がないの?」

慶次を愛撫している有生はまだ衣服を着たままだ。

「ん……。ズボン、下ろす」

慶次の耳の穴に舌を差し込みつつ、有生がかすれた声で言った。尻の奥から指が抜かれ、慶次が身体をずらすと、有生がソファに座ったままベルトを外した。ファスナーを下ろし、下着を脱ぐと、硬く反り返ったものがぶるんと姿を現した。有生のモノはとっくに大きくなっていて、慶次は自然と目が潤んだ。

「慶ちゃん、つけて」

避妊具を渡され、慶次は恥ずかしさをこらえてコンドームを有生の性器に装着した。本当はこれをつけると長く突かれるから心配なのだが、ソファを汚さないためには必須だ。有生はもう一つの避妊具を慶次の性器にも装着した。有生のサイズだったので、大きすぎる。

「漏れないよう、手で押さえてて」

有生にからかわれ、慶次はムッとしつつ、性器を手で押さえた。

「入れるよ。ゆっくり下りて」

座位の格好で挿入するために、慶次は広げた尻の穴に有生の性器を押し当てた。そのまま少しずつ腰を落としていくと、有生の硬くて熱い性器が内部に侵入してくる。ぐぐ、と内壁を広げられ、慶次は思わず甘ったるい声を上げてしまった。

「慶ちゃん、声抑えて」

息を漏らしながら有生に指摘され、慶次はハッとして口を押さえた。そうだ、これからは喘ぎ声に気をつけなければ。

「ん……っ、ふ……っ、は、ぁ……っ」

有生が腰を差し込んできて、ぐーっと奥まで繋がってくる。慶次は胸を上下させて、太ももを震わせた。

「ふーっ。すごい締まる」

有生が慶次の腰を引き寄せ、繋がった状態でソファに座る。慶次は足がつかなくなって、息を荒らげながら有生にもたれかかった。

「ひ……っ、は……っ、は……っ」

必死に声を出さないように、息を喘がせた。隣に人がいるかもしれないのだ。一応、防音のしっかりしたところを選んだが、絶対聞こえないという保証はない。けれど有生の性器で身体の奥を貫かれ、声を上げたいくらい気持ちよくなっている。

「慶ちゃん、気持ちいいの？　奥、うねってる」

慶次の腰を撫で回しながら、有生が嬉しそうに囁く。慶次が涙目で何度も頷くと、お返しのように乳首をコリコリされた。

「ひゃ……っ、ぁ……っ、ん……っ、……っ」

奥に有生の性器を銜《くわ》え込んだまま乳首を弄られると、身体が勝手に跳ね上がって、甲高い声がこぼれそうになる。片方の手で口を押さえ、片方の手で性器を押さえているから、有生の愛撫を撥《は》ねのけられない。

「あー……、すっごいイイ。慶ちゃんの中、熱い」

有生が腰をぶるぶるさせながら、吐息混じりに言う。慶次はあちこちを愛撫され、頭がぼうっとしてきた。感度がすごく高くて、両方の足がずっともじもじと動きっぱなしだ。足が床につかないのも、感度を高めている原因かもしれない。

「乳首とお尻、どっちが感じる？」

腰を律動させながら問われ、慶次は答えられなくてうつむいた。

「乳首かな……。引っ張ってぐねぐねすると、奥がきゅーっとなるものね」

悪戯《いたずら》するように有生が乳首を引っ張る。内壁が有生の形に添って、動いているのが慶次にも分かった。身体が勝手に反応してしまう。

「ひ……っ、はぁ……っ、有生……っ、声、出ちゃう……っ」

慶次はこらえ切れなくて、ひっくり返った声で訴えた。まだ奥を優しく揺さぶられているだけなのに、今にも達しそうになっていた。

「イきそうになったら、口ふさいであげるから」

有生が胸元を撫で回して笑う。慶次は背中を曲げて有生の顔に自分の顔を近づけた。少し強引に慶次が唇を重ねると、有生が口をふさいでくれる。

「……っ、……っ!!」

ぐっと入っていた有生の性器の角度が変わり、慶次は気づいたらくぐもった声を上げて絶頂に達していた。避妊具のサイズが大きすぎるせいで、精液が隙間から垂れてくる。銜え込んだ有生の性器を締めつけたせいか、有生が何かを耐えるような表情で息を詰める。

「はぁ……っ、はぁ……っ、あ……っ」

慶次が口を離して、懸命に呼吸をしていると、有生が汗ばんだ顔で笑う。

「もうイっちゃったの……？　そんな気持ちよかった？」

獣じみた呼吸をしている慶次を背中から抱きしめ、有生が脇腹を揉む。慶次はひくひくと震え、まだ喘ぎ声を上げていた。達したのに、有生の性器が内部にいるから、熱が去っていかない。

「有生……、ソファ……汚れるぅ」

慶次は濡れた目で有生を振り返った。慶次の性器から漏れ出した精液が腹に垂れている。あまり揺らされると、避妊具をつけた意味がない。

「分かった、じゃあ床、汚そう」

有生はそう言うなり、慶次と繋がったままソファから下りた。そして慶次を床に這わせて、いきなり激しく腰を穿ってくる。

「ひゃ……っ、あ……っ、は……っ」

肉を打つ音が室内に響くくらい、有生が腰を強く打ちつけてきた。慶次は必死に性器を押さえていたが、しだいに快楽が深くなり、気づいたら床に肘をついて性器から手を離していた。床は後で拭けばいいと思い、腕で口をふさぐ。

「ここ、イイでしょ……？　ほら、ぐりぐりしてあげる」

有生は慶次の腰が跳ね上がる場所をすぐ見つけて、そこばかり重点的に擦ってくる。声を殺すのがつらくて、腕が唾液でべとべとになった。有生は慶次の背中を撫で、尻を揉み、深く、深く奥へと性器を入れてくる。

「そろそろイきそう……。慶ちゃん、もう一回、イける……？」

腰を突き上げながら有生が上擦《うわず》った声を上げる。慶次はびくびくと腰を震わせた。有生の穿つ速度が速くなり、内部が熱くて、思考することができなくなった。

「ひ、ぐ……っ!!」

内部で有生の性器が大きく膨れ上がり、慶次は四肢に力を入れた。深い絶頂を覚えて、内部の有生をきつく締めつける。有生も達したらしく、大きく反応した。互いの息遣いは荒くて、エアコンをつけているのに、汗だくだ。

「は……っ、は……っ」

慶次は唾液でびしょ濡れになった腕から口を離した。有生がずるりと性器を引き抜く。その刺激にまた背筋を反らし、慶次はぐったりと床に倒れ込んだ。

「ひ……っ、は、ぁ……っ」

結局床を汚してしまった。ラグにも飛び散ったし、さんざんだ。

「あー、すごい気持ちよかった。慶ちゃん、シャワー浴びよう」

避妊具をとって縛ると、ゴミ箱に放って、有生が床に転がっている慶次の腕を引っ張る。ゴミ箱に何てものを捨てるんだと抗議したかったが、有生に強引に風呂場に連れていかれた。

汚れた身体を洗いながら風呂場で一度繋がり、寝室に戻って布団を敷いて、またそこで何度も身体を重ねた。

「も……ギブ。無理。何も出ない……」

有生の気がすんだのは深夜三時で、慶次はからからになった咽《のど》をペットボトルの水で潤して言った。狭い布団に有生とくっついていて、お互いに裸だ。シーツは精液が飛び散り、特有の匂いを放っている。

「ゴムが足りなくなった。慶ちゃんに使う分を計算に入れてなかった」

有生は布団が汚れた原因を解明している。慶次が飲みかけのペットボトルを渡すと、有生も美味そうに飲み干す。シャワーを浴びた後、夏なのでタオルケットを二枚用意した。有生の分の布団も敷くと言ったのだが、一つでいいよと言われ一緒の布団に入ったので窮屈《きゅうくつ》だ。

ふと見ると、部屋の隅に有生の母親が正座していた。びっくりして声を上げそうになったが、すでに成仏している霊だったので、穏やかな顔をしていた。有生の母親は三つ指をついて慶次に頭を下げて、有生をよろしくと囁いて消えた。

「い、今、お前の母さんが有生をよろしくと言って消えた……」

慶次が部屋の隅を凝視して言うと、有生があくびをして「あっそ」と言う。ぜんぜん驚いていないし、有り難がってもいない。

「俺の母親、心配性だったからしょっちゅう出てくるんだよ。たまに父さんと仲良く話してる時あるし」

疑惑の眼差しを向けていると、何でもないことのように有生が手を振る。霊能一家にいると、たとえ母親が亡くなっても大した問題はないらしい。有生は気にしていないようだが、慶次としては母親から有生を託されたようで身が引きしまる。この先も有生を守らなければならない。

「……なぁ、結局伊勢の神様に何をお願いしたんだよ？」

慶次は電気を消した部屋でうとうとしながら、気になっていた質問をした。有生は無言で背中を向ける。絶対に内緒のお願い事なのだろうか。それはそれで気になる。

「ちぇっ。俺、願いが叶ったけど、正直もてあましてるよな。でも前よりは力が上がったのは確かだし、どうにか慣れなきゃなぁ。ところで俺たち、試練を乗り越えたんだろうか？」

慶次は眠い目を擦った。

「さぁね。俺も分からないよ」

有生がごろりと反転して、慶次の額の髪をかき上げる。薄闇の中で、目が合い、慶次はつい有生の綺麗な顔立ちに見惚れた。

「——慶ちゃんと、ずっと一緒にいたい」

ぽつりと有生が呟く。

慶次は目を丸くして、有生を見つめた。有生の顔が暗がりの中熱を持ったのが分かり、また背中を向けてしまう。

「俺の願い事」

背中越しに囁かれて、慶次はぽかんとした。まさか——有生の願い事とは、自分と一緒にいること……？

かーっと耳まで熱くなり、慶次は口をぱくぱくさせた。有生が！　あの有生がそんな可愛い願い事をするなんて！

「ば、馬鹿！　そんなの伊勢の神様じゃなくて、俺に願えばいいだろっ」

慶次はどっと汗を掻いて、有生の背中にしがみついた。心臓が早鐘を打つようで、妙に泣きたくなるし、大声を上げて走り出したくなるし、もはやパニックだ。

「神様は信じられるけど、他人は信じられない。慶ちゃんだって今は一緒にいてくれるけど、絶対離れないって保証はない」

有生は小声で暗がりに向かって言う。慶次は有生と離れる日など来るのだろうかと考えたが、そんな未来は想像することもできなかった。だが有生は根底の部分で人を信用していない。だからそれを払拭するには、慶次がずっと傍にいてやるしかないのだ。

「俺の愛を舐めるなよ」

慶次は有生の背中にくっつき、ぎゅっと抱きしめた。有生が振り返って、唇を重ねてくる。この愛が永遠に続くようにと、慶次は有生と熱を分け合った。

「恋する狐 ―眷愛隷属―」（書き下ろし）

あとがき

こんにちは&はじめまして夜光花です。

有り難いことに続いている眷愛隷属シリーズです。本当は井伊家のこととか進めようと思ったのですが、有生と慶次のわちゃわちゃでページが足りなくなってしまいました。シリーズ五冊目になったので、ちょっと最初のほうを振り返ってみたら、皆成長してるじゃん！と驚きました。特に子狸が成長していて、最初はあんなに頼りない感じだったのに、この巻ではすっかり頼もしくなっています。毎回慶次のピンチに有生が駆けつけるというお約束だったので、今回は成長の証に慶次一人で解決させてみました。でも個人的には攻めに助けてもらう展開が好きです。慶次が落ち込んだりショックを受けたりする展開にしたいと思うのですが、鋼のメンタルを持っているキャラなので、うまくいきませんね。どんな展開になろうと、慶次は平気で乗り越えそうです。

イラストを担当して下さった笠井あゆみ先生。毎回美麗な絵をありがとうございます。今回の表紙が本当に仲良しって感じだったので、幸せな気分になりました。イラストを見るのが楽しみで、そのために書いていると言っても過言ではありません。いつもありがとうございます。

担当様。お世話になっております。アイデア等いつもありがとうございます。

読んで下さる皆様。感想などありましたら聞かせて下さい。応援とても力になります。また続きが出せたら嬉しいです。ではでは。

夜光花

B-BOY NOVELS

恋する狐 －眷《けん》愛《あい》隷《れい》属《ぞく》－

2020年9月28日 第1刷発行

著　者——夜光 花

発行者——太田歳子

発行所——株式会社リブレ

〒162-0825
東京都新宿区神楽坂6-46ローベル神楽坂ビル
営業　電話03(3235)7405　FAX 03(3235)0342
編集　電話03(3235)0317

印刷所——株式会社光邦

定価はカバーに明記してあります。
乱丁・落丁本はおとりかえいたします。

この書籍の用紙は全て日本製紙株式会社の製品を使用しております。

Printed in Japan
ISBN 978-4-7997-4906-7